El alfa prohibido

Renee Rose

Traducido por
Vanesa Venditti

Formateado con Vellum

El alfa prohibido

Un romance académico paranormal
    por Renee Rose

El destino me unió a la única loba en la que jamás podría confiar.

Hace cinco años, mi hermosa vecina Carlotta me traicionó.

Mi familia quedó destruida.

Por su culpa, la manada desterró a mi padre

y nos relegó a mi mamá y a mí a un estatus inferior; apenas pudimos sobrevivir.

Carlotta se fue de la ciudad cuando descubrí que había sido ella.

Antes de tener la oportunidad de hacer que pague.

Pero ahora ha regresado.

No cambió mucho, pero yo sí.

Ahora tengo el doble de su tamaño. Soy mucho más dominante.

Y acabo de descubrir que me pertenece.

Lo que significa que Carlotta James está completamente a mi merced.

Y *sí* pienso hacerla rogar.

La autora más vendida de USA Today, Renee Rose, nos entrega este nuevo romance prohibido intenso de bravucones y adultos transformistas.

Libro Gratis de Renee Rose

Quiere un libro gratis de Renee Rose? Suscríbete a mi newsletter para recibir **Padre de la mafia** y otro contenido especialmente bonificado y noticias de nuevos. https://BookHip.com/NCVKLK

Capítulo uno

Lotta

La llegada de la luna llena me está haciendo sentir mareada.

Nadie puede quedarse quieto hoy. Ningún estudiante de la secundaria Wolf Ridge quiere escuchar a un profesor la tarde de la corrida de la luna llena.

Sobre todo con la materia que enseño. El arte no es ni remotamente admirado por la comunidad transformista. Se considera algo humano, sin sentido. Pretencioso. Y por eso me fui bien lejos de aquí ni bien pude.

Todas las clases de hoy han sido una pesadilla, pero este último período, la clase con el alfa-idiota enorme de la escuela, Asher Martin, es la peor. Él y sus amigos de fútbol se sientan en una mesa de atrás y me interrumpen.

Esta tarde, el olor a feromonas adolescentes llena mi salón, y estoy tan ansiosa y caliente como mis estudiantes. Mi piel cosquillea con calor. Hay un latido lento entre mis piernas que no he sentido en años. No he pensado mucho en sexo desde que era una adolescente en los pasillos de la secundaria Wolf Ridge. Y, lo admito, eso no fue hace tanto.

Me aclaro la garganta y pongo tanta orden alfa en mi voz como puedo.

—Estoy esperando tener toda su atención.

Por supuesto, el último en dejar de hablar es el que lleva la voz grave y llena de arrogancia que está unida a mi némesis. Él se da vuelta y me mira de forma funesta. Estoy desconcertada por lo llamativos que son esos ojos verdosos y pardos en contraste con su piel bronceada. Sus largas y gruesas pestañas los enmarcan bien. La forma en la que resaltan bajo la franja de su cabello aclarado por el sol y que cae sobre su frente. Necesita cortarse el cabello aunque estoy segura de que ese largo descuidado que le llega a la nuda y alrededor de las orejas es una elección consciente. Parte de su personaje de rebelde sin causa.

Pero el desdén de Asher no es sólo un espectáculo.

Siento el odio visceral que me tiene el defensor. Me quema la piel. Me deja sin aliento cuando envía una explosión hacia mí.

Soy cuidadosa de esconder mi reacción. Puede que sea más pequeña que muchos de los estudiantes de esta clase, pero soy su profesora, al menos por el resto del año. Tengo que mantener un estatus alfa en mi salón o no sobreviviré.

Me obligo a dejar de moverme de un pie al otro sobre mis sandalias de taco alto, a pararme con piel separados y poner las manos en mis caderas.

La mirada de Asher va hacia mis piernas y verlas sólo parece hacerlo enojar más. Sus ojos suben más y él mira mis pechos con enojo.

Tengo cuidado de no prestarle atención a su mesa mientras hablo.

—Ayer, les pedí que pensaran acerca del medio que usarán para su autorretrato. Hoy quiero que escriban un párrafo que describa lo que han escogido y cómo planean llevar a cabo su visión. Si no saben o todavía les está costando decidirlo, anótense en la pizarra para tener una charla de cinco minutos conmigo al respecto. —Señalo los espacios numerados en la pizarra—. Además, todos ya deberían haber entregado sus dibujos en carbón. Me faltan tres. Si no los entregan para el final del día, tendrán un cero en el trabajo práctico, lo que afectará su nota. —Junto fuerzas para mirar la mesa de atrás—. Puede que los que necesiten mantener una C para poder jugar en el partido de este fin de semana quieran pensar en eso.

Ni siquiera debería advertírselos. Sólo debería bajar sus notas y dejar que sufran las consecuencias. Pero algo en mí no quiere que Asher desapruebe.

Hago un breve contacto visual con él, pero el enojo que arde en su mirada es demasiado para mantenerlo y miro rápido hacia otro lado.

Era inquietante como un niño de trece años enojado y rebelde. Ahora que tiene el doble de mi tamaño y que lleva el dominio de un lobo alfa, esa ira es más que intimidante, realmente asusta.

Se cruza de brazos y levanta su labio superior en un gruñido.

—Yo entregué el mío.

Mi mirada vuelve por un momento y se entrecierra. Es una mentira. Asher no ha levantado un lápiz en clase desde el día en que empecé a suplantar a Margarita Adams, la profesora de arte humana que tomó licencia médica hace dos semanas.

Me está desafiando a decírselo.

Frunzo el ceño y señalo la pila de dibujos sueltos en mi escritorio.

—Encuéntralo y muéstramelo.

Él se levanta de a poco de su silla y hace un espectáculo

de su tamaño. Me hace sentir toda la fuerza de los treinta centímetros que me lleva de altura. La diferencia de cincuenta kilos en nuestro peso. El músculo esculpido y sólido que envuelve sus huesos largos y robustos.

Es un espécimen increíble de masculinidad, y eso no es sólo la luna llena hablando. El destino puede haberlo jodido con un padre abusivo de mierda, pero ha sido bueno con él en su apariencia y tamaño.

Él se pasea hasta el frente y finjo no registrar la amenaza, aunque todos en el salón con sangre de transformista sienten el pulso de su agresión.

Mantengo espacio entre nosotros y camino hacia la ventana para bajar la cortina contra el sol de la tarde. Hay un dejo de depredador en sus movimientos. A pesar de su tamaño, tiene la gracia y habilidad de un cato grande, en vez de un lobo.

Empieza a pasar los dibujos de carbón sobre mi escritorio.

Me mantengo cerca de la ventana, mirándolo como cualquier animal acorralado, lista para mostrarle los dientes de ser necesario.

Después de pasar por todos ellos, me mira y levanta las cejas.

—Debe haberlo perdido, Srita. James. Lo entregué ayer.

A la mierda con eso. No dejaré que este niño me acose. Puede que tenga una razón legítima para odiarme, pero eso no significa que dejaré que me moleste en mi propio salón.

Me incorporo.

—No pierdo las obras de mis estudiantes. Tienes un cero, Asher. Estoy segura de que el entrenador Jamison estará decepcionado cuando no puedas jugar en el partido de este fin de semana.

—Bueno, ¿puede volver a hacerlo hoy, verdad? —Interrumpe Remi, una de las porristas que espera cada una de sus palabras.

Aprieto los labios.

—Si está hecho para el final de la clase, lo calificaré. —Miro a los dos amigos de Asher en la mesa de atrás, Sebastian y Markley—. Eso vale también para ustedes dos. En mi escritorio para el final de la clase o no tendrán una nota aprobada para el partido de este fin de semana.

Asher se pasea de nuevo a la mesa del fondo, donde reina y se estira en una silla. Su gran cuerpo llena el espacio y se desparrama en todas las direcciones. Él me mira y sonríe, como si acabara de ganar la confrontación. Un hoyuelo en cada mejilla me saluda y me da un escalofrío.

Porque sin importar lo devastadoramente apuesto que sea cuando sonríe, sé con total certeza que es peligroso. Nació en una familia violenta. Hay violencia en sus ojos. En su caminar. En la forma salvaje en la que me mira ahora.

Alguna vez pensé que lo había liberado de ese ciclo de violencia, pero parece que todo lo que hice fue consolidar su sensación de traición. Un odio tan profundo que temo que lo consumirá.

Si no tengo cuidado, puede que se vengue de mí de la misma forma en que lo hizo con su padre.

* * *

Asher

Odio y lujuria.

Esa es la única descripción certera de lo que siento por la nueva profesora de arte de la secundaria Wolf Ridge.

Hago una burla a propósito del dibujo que pidió para el final de la clase, arrastrando un pedazo de carboncillo en garabatos por la página. ¿Qué va a hacer? Diremos que es mi definición de arte. Markley y Seb me siguen y hacen lo mismo.

Saben por qué odio a Carlotta James, la profesora más ardiente y talentosa que ha tenido la secundaria Wolf Ridge. La princesa de la manada que tiene a todos los lobos de la escuela, tanto estudiantes como empleados, corriendo para abrirle la puerta o llevar sus materiales artísticos.

No soy inmune a la perfección de la heroína de cuentos de hada, con su cabello negro y piel pálida y esos grandes ojos azul aciano que alguna vez creí estaban llenos de amabilidad. Pero ella es la razón por la que mi mamá y yo no tenemos estatus en la manada, a pesar de que yo sea un gran lobo alfa. Ella destruyó a mi familia, algo que jamás olvidaré.

Camino hasta su escritorio después de que suene el timbre y hago un espectáculo de acomodar el dibujo en el centro, hacia ella. Estoy invadiendo su espacio.

Me gustaría decir que sólo es para intimidarla, lo que sé que funciona, pero hay más que eso. Está el hecho de que estoy desesperado por volver a sentir su aroma por mis fosas nasales otra vez, aun sabiendo que una bomba explotará en mi estómago como resultado.

La luna llena que se acerca me tiene más sensible y el saque de cuando me acerqué antes a su escritorio no fue suficiente.

Porque nunca antes olí algo tan atractivo en mi vida. Miel y jazmín y esa firma única que es sólo suya. Lo sentí ni bien entró al estudio de arte hace dos semanas como nuestra suplente a largo plazo.

Se infiltró por mis poros, afectó mi fisiología, y me hizo darme cuenta de la horrible verdad.

El peor resultado posible.

El destino decidió hacérmelo por el trasero al unirme con la única mujer que no soporto.

—Ponle tu nombre, Asher. —Ella no me mira mientras empuja el dibujo hacia mí. No lo sabe. Las lobas no reconocen el olor de sus parejas tan fácil como los lobos.

Toco el dibujo con mi dedo del medio.

—Recordará a quién le pertenece, —le digo.

Es una advertencia. La estoy desafiando a desaprobarme.

No lo hará.

Porque entre las notas de miedo que distingo en su aroma, siento algo más: culpa.

Bien.

Lotta debería arrepentirse por lo que me hizo.

Y pienso hacerla sufrir todos los días por eso.

Capítulo dos

L otta
     Los pelos de mi nuca se erizan. Mis dedos tiemblan alrededor de la base de mi brocha, creando líneas desprolijas e irregulares.

Los ojos verde jade del lobo en el lienzo de metro ochenta me miran con acusación.

La secundaria Wolf Ridge está oscura excepto por la sala de arte, el único lugar que tengo ahora mismo con lugar suficiente para pintar en un lienzo tan grande. Prefiero pintar con la luz del día, pero con mi nuevo trabajo docente, eso es imposible. Trabajo *temporal*, sigo recordándome a mí misma para mantenerme cuerda.

Pruebo un par de pinceladas más, pero mi temblor sigue arruinando las líneas.

Mierda. Mi genio creativo no saldrá esta noche. Dejo la brocha en el vaso de vidrio con diluyente de pintura.

Los gritos y aullidos de la manada bajo la luna llena llegan hasta abajo de la montaña y entran por la ventana semi abierta; hacen que me den escalofríos en los brazos.

¿Por qué?

¿Se supone que me una? Se me retuerce el estómago.

No he estado en una corrida de luna llena en más de cuatro años. No sé si la sensación en mi estómago es mi loba, enojada por no dejarla salir, o mis instintos diciéndome que no lo haga. Que si me permito ser mi verdadera yo, perderé todos mis sueños.

Wolf Ridge se convertirá en mi realidad permanente. Los cuatro coloridos años de estudiar arte en Chicago se desvanecerán como la pintura en mi brocha. La muevo dentro del frasco y veo como gira el azul antes de que todos los contenidos del frasco se vuelvan grises.

Así empieza a verse mi vida desde que regresé. Mis planes están embarrados y manchados. Teñidos con los dolores del pasado.

Los aullidos se escuchan más cerca. La manada no debería salir de la montaña, pero suena a que están viniendo hacia aquí. Es probable que sean estudiantes de la secundaria Wolf Ridge, ansiosos por marcar su territorio en el campus.

Mis piernas empiezan a temblar. Miro por la ventana.

No lo hagas, gruñe la artista en mí.

Ella es feroz. Más aún que mi loba.

Me llevó nueve meses controlar a mi loba para evitar que saliera cuando vivía entre humanos en una gran ciudad, pero lo logré. Mi cabello se volvió opaco y mi piel, amarillenta. Bajé cinco kilos, que no tenía que perder para empezar. Mis papás me rogaron que regresara a casa, pero me negué. Ni siquiera en los veranos. Porque una vez que había reprimido a mi loba, no podía arriesgarme a dejarla volver a probar algo de libertad. Tendría que pasar por la abstinencia de nuevo en el otoño. No valía la pena.

Pero ahora me estoy poniendo acalorada y febril. La

necesidad de salir y unirme a mi manada me hace arrastrar los pies hacia la puerta.

Siento ganas de llorar y vomitar al mismo tiempo.

—No puedo, —lloro en voz alta, sosteniéndome del marco para evitar irme del estudio.

No sirve de nada. Siento el cambio apoderarse de mí. Si no me quito la ropa, la destrozaré. Es como volver a ser adolescente.

Me desnudo en el pasillo oscuro y me quito prenda por prenda mientras corro hacia las puertas traseras.

Apenas llevo antes de transformarme. Mis dos patas delanteras chocan contra el picaporte y la puerta se abre. Salgo de golpe hacia el aire frío del otoño. La necesidad de correr nunca me golpeó tan fuerte. Corro por el campo de fútbol y me quedo en el lado oscuro por si pasa algún humano conduciendo. La tierra vuela debajo de mis patas mientras doy la vuelta que lleva hacia el patio del colegio.

Corro subiendo la colina y me mantengo escondida en callejones y calles poco transitadas hasta que llego a la tierra de la manada. Mi loba me llevó directo a ellos. Sin pensar de forma consciente, me quedo en posición en el fondo. No reconozco a ningún lobo, pero ha pasado algo de tiempo. Incluso de adolescente no solía dejar salir mucho a mi loba.

Corremos subiendo y rodeando la montaña, trepamos más alto. Después de un rato de no pensar, una idea aparece en mi mente.

Es placer.

Un placer muy profundo. Se siente increíble correr por aquí. Ser mi yo loba. Sentir las rocas debajo de mis patas. La fuerza biónica en mis piernas. La brisa que pasa por mi hocico.

Y eso me hace querer llorar. Como si hubiera traicionado a la artista en mí.

Pero me olvido rápido porque un lobo me choca con el hombro y me empuja hacia un costado.

Giro y le gruño. Es un gran lobo negro con una parte de pelaje blanco en su pecho y alrededor de su rostro. Sus ojos verdes son realmente hermosos. Su aroma no me es familiar, pero me da cosquillas en la nariz, me intriga.

Me vuelve a chocar con su hombro y me empuja hacia un lado, lejos de la manada. Le muestro los dientes. Él me muerde las extremidades traseras para mostrar dominancia.

Mi cuerpo responde de inmediato, no con sumisión sino con calor.

En todos lados. Me hace cosquillas y se junta en mi barriga. Inunda mis muslos internos.

Él vuelve a morderme y mi centro se contrae. De pronto sé que no podría resistirme si intentara dominarme.

Cuando lo intente. Mi estómago se da vuelta cuando de pronto me doy cuenta de qué es esto.

Coqueteo.

Al estilo de los lobos.

La emoción, el calor que siento, es la respuesta de mi cuerpo hacia él. Mi lobo quiere esto. Quiere que él lo domine. No someterse fácilmente, sino que trabaje para ganarse esa sumisión. Le *encanta* esa idea.

Esta debe ser la razón por la que a las humanas les encanta el BDSM. Esa descarga de peligro que amplifica la emoción sexual. No conozco a este lobo en lo más mínimo. Es gigante. Poderoso. Y me ha elegido. Podría hacerme lo que quisiera, con o sin mi permiso.

Él vuelve a morderme y me aleja de la manada, acorralándome contra una pila de piedras.

Empiezo a girar para mostrarle los dientes, pero me ataca rápido y me tira al suelo.

No recuerdo que mi cerebro enviara la orden de transformarme, pero de pronto estoy en forma humana, aplastada boca abajo sobre la tierra con un hombre enorme a mis espaldas. ¿*Él* me ordenó transformarme?

Volteo para verlo, necesito saber con quién estoy a punto de tener sexo, pero él toma mi cabello con su puño y me mantiene la cabeza fija.

—No, no. Mira el piso, pequeña loba. —Su voz es cruel. Tanto como la forma en la que toma mi cabello.

La humedad se escapa de entre mis piernas.

Nunca antes estuve tan excitada en la vida. Apenas sé que pensar. ¿Esto es lo que quiere mi loba? Pero no, estoy en forma humana, todavía excitada.

Caliente de forma *desesperada*.

Haría lo que fuera que este hombre me dijera ahora mismo por la satisfacción de sus caricias. Su dominancia. Siento el empujón de su verga endurecida entre mis muslos y separo las piernas para ella.

—¿Quieres esto, lobita? —Escucho algo de satisfacción en su gruñido grave. Sigue sosteniendo mi cabello con fuerza y tirando del cuero cabelludo.

—Sí, —Jadeo.

—¿*Sí?*

¿Suena sorprendido?

—¿Sí quieres que te lo haga?

Estoy enamorada de su voz grave. Está pidiendo consentimiento. Puede que me haya perseguido y tirado al piso; puede que me esté sosteniendo y que no me permita ver quién es, pero sí tengo elección en esto.

No me tomará sin permiso.

¿*Es* esto lo que quiero? Debo estar loca. Este es exactamente el escenario que juré evitar cuando acordé volver a Wolf Ridge por el resto del semestre.

Pero sólo una pequeña parte de mí quiere decir que no,

esa voz que me advierte que así quedaré atrapada en Wolf Ridge. Estoy haciendo justamente lo que querían mis padres, y una vez que me amolde a las costumbres de la manada, nunca más volveré a irme.

Pero ahora mismo, no me importa.

Todo lo que quiero es saber cómo se siente ser penetrada por este hombre viril que está detrás de mí. Recibir toda la experiencia de la lujuria. Del sexo ardiente de luna llena. De lo que sea que este hombre quiera hacer conmigo.

—*Sí.*

* * *

Asher

Apenas puedo creer lo que escucho. *Carlotta James quiere tener sexo conmigo.*

Es todo lo que puedo hacer para no entrar de inmediato y darle duro hasta explotar. Tengo años de lujuria guardada para este momento. Están separados de los años de enojo y resentimiento por su traición. Y agrego el hecho de que ni bien sentí su aroma en el colegio, me di cuenta de una verdad innegable: que ella es mía y eso es una receta para una combustión total.

Sip. El destino me jodió otra vez.

Me puso en pareja con la única mujer que nunca más quería volver a ver.

Así que mi necesidad ciega de tener su cuerpo delicioso debajo del mío es tanto por ira como por lujuria. Este será sexo de odio.

Pero eso no significa que no haré que sea bueno. Sigo sosteniendo su cabello y acomodo las rodillas dentro de sus piernas.

Ya sé que está lista para mí. Aunque no acabara de

separar esos muslos dulces y levantar el trasero, el aroma de su néctar me lo habría dicho.

—De rodillas, —le ordeno.

Estoy sorprendido cuando me obedece al igual que lo estuve cuando me dijo que *sí*. Pero su cuerpo debe saber que soy su dueño. Ella reconoce el aroma de su pareja destinada.

Sólo tengo que evitar que vea mi rostro.

Carlotta se pone en cuatro, arquea su espalda baja para presentarme su hermoso trasero. Lo golpeo fuerte. Bajo la luz plateada de la luna, veo que floro la marca de mi mano en su piel pálida.

—Ah. —Su grito es una mezcla de protesta y deseo. Sus ondas oscuras caen hacia atrás.

Acaricio su trasero y froto para quitar el ardor. Luego vuelvo a pegarle, más fuerte. La posición de poder en la que estoy ahora mismo me tiene la verga dura como el granito. Nunca en un millón de años soñé que este momento llegaría. Yo, detrás de la chica de mis antiguos sueños. Ella, en completa sumisión ante mí, temblando y esperando.

Ni siquiera tengo que sostener mi verga para guiarla hacia adentro. Es como si conociera el camino a casa.

Carlotta está dura, pero también muy mojada; los pétalos de su sexo se abren para recibirme. Un empujón y traspaso su entrada. Otro y estoy hasta el fondo. Ella grita con el segundo empujón; mi largo sin duda estira su canal angosto.

Carlotta siempre ha sido pequeña y parece que está incluso más flaca desde que regresó. Peso el doble que ella, fácilmente, y mi verga está... bueno, sólo digamos que está *más que ansiosa* por estar dentro de ella.

Me mantengo dentro, mis partes presionadas contra su

trasero suave, y empujo de a poco para que se acostumbre a mi tamaño.

—¿Sí? —Gruño, empujando su cabeza hacia abajo en vez de tirarla hacia arriba para que los músculos de su cuello descansen. Pero sigo sosteniendo su cabello para que no voltee y me vea—. ¿Esto es lo que necesitas, lobita?

Ella sólo se queja como respuesta, me dice que es demasiado.

Voy incluso más lento y mantengo mis caderas pegadas a las suyas, sólo las muevo para deslizarme unos pocos centímetros hacia adentro y afuera. Con mi mano libre, busco y encuentro su clítoris.

Apenas lo rozo, sus rodillas se levantan del suelo y sus caderas empujan hacia atrás contra mí para llevarme más adentro. Las paredes tensas de su centro se contraen alrededor de mi miembro y obtienen un gruñido corto de mis labios.

—¿Acabas de venirte? —Mi voz suena más áspera de lo que quiero. El sorprendente placer de darle satisfacción tan fácilmente sigue recorriendo mi cuerpo. Vuelvo a controlarme—. No dije que podías venirte. ¿Quién dijo que podías antes que yo? —Salgo y empiezo a golpearle el trasero rápido y fuerte—. No acabas antes que yo. No a menos que te lo permita. ¿Entendido?

Ella no responde, aunque no le doy mucha oportunidad. Sigo dándole nalgadas.

—Si quieres placer, esperas hasta que te lo dé. —Dejo de golpearla y tomo la piel con fuerza. La sacudo—. Este trasero me pertenece. Es mío para hacer lo que quiera. Si quiero golpearlo hasta que esté rojo y dolorido antes de hacértelo, eso haré. —Mis palabras son más dominancia genuina que charla sucia. Surgen de casi cinco años de angustia por lo que me hizo Carlotta. Por mi frustración cuando destruyó mi mundo y arruinó mi vida, sólo para enterarme de que *ella* es la mujer que el destino eligió para mí.

—Bueno. —Dice sin aliento. Su calentura chorrea hasta la tierra suave entre sus rodillas.

Mmm. Froto la piel resbaladiza entre sus piernas.

—¿Esas nalgadas te excitaron?

Ella no me responde.

—La próxima vez te dejaré tocarte mientras te pego, y si eres una chica buena, te dejaré venirte.

No sé por qué estoy prometiendo una próxima vez. No sé cuánto tiempo puedo evitar que Carlotta sepa quién soy. Ni bien lo sepa, se terminó. No hay ninguna oportunidad para nosotros.

No es que quiera una.

Vuelvo a empujar dentro de ella. Esta vez es incluso más fácil. Su cuerpo me recibe más. Está más mojada. Ya he abierto mi camino y ahora ella me necesita tanto como yo a ella.

Darle nalgadas me calmó. Liberó un poco de la agresión que temía llevar al sexo. Ahora puedo cerrar los ojos y disfrutar de la sensación de estar profundamente dentro de ella.

Ahora puedo moverme lento adentro y afuera, midiendo su habilidad de tomarme.

Creo un ritmo, acelerando la velocidad, yendo más profundo. Acentuando mis empujones hacia adentro. Los vuelvo más rápidos. Todo el tiempo, la sostengo en el lugar con mi puño en su cabello.

—Bueno, —jadea otra vez—. Bueno.

Voy más lento.

—¿*Bueno* qué? ¿*Bueno, necesito acabar*? ¿O quieres que me detenga?

—¡Necesito acabar!

Mierda.

Por alguna razón, saber eso me mata. Mis fosas nasales se agrandan. Choco contra su hermoso trasero y le suelto la rienda a mi control. Sé que estoy siento muy duro. Es demasiado. Sus rodillas se levantan del suelo y ella pone todo su peso sobre sus brazos para tomarme.

No me importa. Tomaré lo que es mío ahora.

La diosa de la luna parece rodearnos como si celebrara volver a reunirnos después de separarnos.

Estoy perdido en un huracán de placer y profunda satisfacción. La sensación de que aquí es donde pertenezco, de que todo en mi vida se ha enfocado en llegar a este momento clave. Como si este fuera el ápice de todo el viaje de mi vida.

Quiero que dure por siempre. Sé que no puede. Este placer fugaz será la medida inalcanzable que intente alcanzar con uñas y garras, cada día por el resto de mi vida.

Mis bolas se tensan y empiezo a empujar. Ya casi es demasiado tarde cuando recuerdo salir.

—¡No! —Carlotta casi suena ofendida. Como si ella también estuviera en el borde del éxtasis. Tomo mi verga con mi puño y le doy dos empujones antes de acabar encima de todo su trasero.

—No, —llora.

—Lo sé. —Mi voz es áspera y gutural—. No pudiste acabar. —Me estiro para encontrar su clítoris. Está hinchado; la pequeña protuberancia salida de su capucha. Aunque sigo tratando de calmar mi respiración, obligo a mi dedo tembloroso a ser gentil. Tomo un camino lento alrededor de su clítoris.

Su respiración es otro sollozo.

Un círculo más.

Ella empieza a mover sus caderas.

A mitad de camino del tercero, se viene. Meto dos dedos dentro de ella, así tiene algo que apretar. Su orgasmo continúa, sus músculos aprietan y sus caderas se ondulas y se sacuden. Es magnífico.

Ella colapsa en una pila floja cuando termina.

Entonces me asusto mentalmente. Porque mi instinto es cubrir su cuerpo con el mío. Envolverla con mis brazos y besar ese esbelto cuello que huele dulce.

Pero no puedo. No lo haré.

La suelto de golpe, y la empujo hacia atrás a la vez que me transformo, rezando que no vea mi forma humana.

Mi mente me dice que la deje. Que corra rápido y alcance a la manada. O mejor aún, que desaparezca para que no haya un momento incómodo en el lugar de encuentro de la manada cuando ella intente saber quién soy.

Mi lobo no me deja. Sería poco caballeroso hacérselo a mi pareja y luego dejarla mientras sigue de rodillas. La toco con mi hocico para levantarla y moverla. No quiero ser afectuoso. Es lo último que querría con ella, pero termino lamiendo su oreja.

Luego me contengo. Vuelvo a tocarla y cuando sigue sin moverse, muerdo un poco su muslo.

Eso la hace reaccionar. Se transforma en loba, una loba blanca y delgada con ojos verde jade. No puedo evitar notar cómo nuestros lobos se complementan. Mi gran lobo negro combina con su pequeña loba blanca. Ambos tenemos ojos verdes. Su loba es delgada, pero elegante. Ella se para por un momento; su cabeza se mueve en dirección adonde se fue la manada, luego vuelve por donde vino.

Para mi alivio, se va en dirección adonde vino.

La miro correr. Al principio se mueve lento, como si sus

piernas no recordaran cómo funcionaban. Luego gana velocidad y pronto está corriendo por la montaña tan rápido como cuando llegó.

Bien. No está interesada en saber quién soy.

En ese caso, podría haber una próxima vez.

La idea de perseguirla tarde por la noche, de hacérselo por detrás, y de nunca dejarla verme el rostro no sólo es muy satisfactoria...

Podría ser la única forma de sobrevivir el resto del año.

Capítulo tres

Lotta

Corro hacia la parte de atrás de la escuela; mi cuerpo sigue sintiéndose liviano por lo que pasó en la montaña.

No puedo creerlo. Nunca antes tuve sexo en una corrida de luna llena. Nunca ni siquiera tuve el deseo. Esta noche, fui incapaz de negarme a ese hombre desde que sentí su aroma. Quería sexo como nunca antes en la vida.

Agh. Por esto no quería transformarme.

No quería ceder ante mi naturaleza de loba y meterme en las costumbres de Wolf Ridge. Pero no puedo negar lo satisfactorio que fue permitirle salir a mi animal. Y no me refiero a correr, aunque eso también se sintió genial.

Me refiero al sexo alocado y salvaje.

Sigo afiebrada y caliente. Tiemblo de deseo por ese hombre. Tanto por satisfacción como por necesidad a la vez.

¿Quién era?

En parte me encanta que no me haya dejado verlo. No quiere que sepa quién es. Eso significa que no busca atarme a este lugar.

Y fue cuidadoso conmigo. Salió, aunque quería desesperadamente que se viniera dentro de mí. Él tuvo más control que yo.

Quizá sea más grande. Ciertamente es más dominante.

¿Qué significa la reacción intensa que tuve ante él? Él no es, no puede ser, mi pareja.

¿O lo es?

Mierda.

Si somos pareja, él lo habría sabido primero. A los lobos les cuesta menos identificar el aroma de su pareja que a las lobas.

Él lo habría sabido ni bien empezó a perseguirme.

Pero igual no quiso que sepa quién era.

¿Eso significa que ya está en pareja?

Oh, destino.

La idea me revuelve el estómago. ¿Acabo de tener sexo con el novio o marido de otra mujer? Eso es asqueroso.

Pero por supuesto, si yo soy su pareja destinada, no podría haber sido capaz de detenerse. No bajo la luna llena en su forma de lobo. Sin importar su compromiso con otra mujer, las corridas de luna llena revelan nuestra naturaleza más auténtica. No podemos detener la necesidad de cazar. De hacerlo. Y si la naturaleza nos muestra a nuestra pareja destinada, de reclamarla.

De aquí vienen las historias humanas sobre los hombres lobo. La idea de que nos convertimos en monstruos que no pueden controlarse y evitar matar es, en parte, real. Sólo que no matamos humanos. Jugamos a cazar. Perseguimos al sexo opuesto.

Esa es justamente la razón por la que intentaba reprimir mi lado de loba. No puedo estar tan fuera de control.

Pero supongo que debería estar feliz. Si él realmente es mi pareja destinada y ya está prometido a otra mujer, eso me daría una razón más contundente para irme bien lejos de Arizona ni bien termine este contrato de profesora suplente.

Y eso significaría que él no me detendría ni me seguiría cuando huyera.

Me transformo en humana cuando llego a la puerta trasera de la escuela. El aroma fuerte y notorio de ese hombre todavía se pega a mi piel. Olía a cuero y especias.

Estar parada aquí en forma hace que todo vuelva con más precisión. Mis pezones se tensan. La humedad se escapa de entre mis piernas. Transformarme en loba reactivó mis habilidades de curación rápida, pero todavía siento el cosquilleo de sus nalgadas y algo de sensibilidad entre las piernas. Todavía escucho el eco de su rugido áspero en mis oídos.

Destino, ese hombre.

¿Quién era?

No, no quiero saberlo.

Mi suelo pélvico se tensa entre mis piernas y recuerdo cómo me usó.

¿Parecía estar enojado conmigo? Ciertamente no estaba feliz.

Quizá porque su vida no encajaba con encontrar a su pareja destinada como la mía.

Pero su molestia no evitó que fuera cuidadoso. Que fuera lento hasta que estuviera lista para tomar su verga gigante.

Me encantó lo duro que fue. La dominancia alfa que nunca pensé que disfrutaría me llevó a otro nivel de nirvana que nunca antes había encontrado, con o sin un compañero.

Y para ser honesta, antes de esta noche, el mejor sexo que había tenido había sido *sin* un compañero. Sólo yo y mi novio a batería. Pero sólo he tenido sexo con humanos, así que quizá sea por eso.

Esta noche, aprendí lo que puede ser el sexo. Una dimensión alterada. Alquimia. Un espacio para luchar, encender y convertirse en algo totalmente cambiado, completamente nuevo.

Busco la manija de la puerta y tiro.

Oh. Mierda.

—No. —Golpeo mi palma contra la puerta cerrada de la escuela. Aunque sé que está cerrada, muevo el picaporte con toda mi fuerza.

¿En serio dejé mis llaves adentro de mi salón? Y mi ropa... Oh, mierda.

Esto no podría ser peor. Está tirada por el pasillo de *la secundaria donde enseño*. ¡Una secundaria llena de transformistas que sabrán por el olor a quién le pertenece! Esto es... catastrófico.

Perderé el trabajo una semana después de empezar. No sé qué me sucedió. Nunca me dejé llevar tanto por la luna llena en la vida. Perdí toda la razón.

Giro en un círculo mientras considero mis opciones.

Básicamente, no tengo ninguna. Puedo quedarme aquí desnuda y arriesgarme a que me vea un humano, o peor, mis estudiantes alfa-diotas, o puedo transformarme e ir a casa.

Destino, si alguno de esos jugadores calientes que se sientan al fondo del salón y me ignoran toda la clase me viera ahora mismo, sería por siempre el chiste sucio de la escuela. Ya sé que tienen todo tipo de fantasías pornográficas conmigo. Ser la profesora joven de un grupo de lobos adolescentes tiene sus riesgos.

Respiro profundo y exhalo lento.

Está bien. Puedo con esto. Sólo tendré que llegar primera a la escuela mañana. Mientras que llegue a la misma hora que el conserje, todo estará bien. A menos que él también sea un pendejo caliente.

Mierda. Es probable que lo sea.

* * *

Lotta

Giro toda la noche, afiebrada con hormonas que no he sentido desde que transicioné. Me levanto en el punto más alto de un orgasmo, los dedos entre mis piernas, mi sexo chorreando. Estoy arqueándome y me levanto de las sábanas; mis muslos internos tiemblan donde presionan alrededor de mi muñeca. No recuerdo de qué trataba el sueño. Sólo sé que todavía escucho ecos del gruñido grave de ese hombre en mis oídos.

Todavía siento el temblor en cada célula como reacción a su voz.

Muero por volver a sentir su aroma, ese aroma a cuero y especias y hombre que me afectó como una droga embriagadora.

Caigo sobre las almohadas e intento recuperar el aliento. Luego miro el reloj junto a mi mesita de luz.

¡Mierda!

Salto de la cama y corro hacia el armario. No hay tiempo para ducharse, qué bueno que me haya duchado anoche. Llego tarde. *Muy* tarde.

¿Toqué posponer dormida?

¡Estúpida, estúpida, estúpida!

¿Cómo puedo llegar tarde la mañana que se suponía que llegara temprano?

En serio, ¿qué me está pasando? Nunca me quedo dormida.

Por supuesto, tampoco suelo tener sueños acalorados sobre lobos que me hacen venirme en la naturaleza.

Me pongo una camiseta y una falda sin fijarme si combinan. Meto los pies en unas ojotas. ¿A quién le importa si van en contra del código estricto de vestimenta? Que no se pueda usar ojotas es una regla tonta de todos modos, igual que la regla sexista de que las chicas no puedan mostrar las tiras del sostén.

Tardo un minuto en salir por la puerta y encender mi Mini Cooper con la llave extra que busqué anoche después de meterme por la ventana abierta a la casita en la que vivo.

Piso el acelerador y las llantas chillan cuando salgo disparada. Pero no importa. Aunque llegue antes de que suene el primer timbre, no podré ser la primera o segunda persona en la escuela. Tuve un orgasmo justo en ese momento hace una hora.

Voy rápido por las calles y llego al estacionamiento del personal.

Querida Diosa de la Luna, haz que sobreviva este día. Troto hasta la escuela. Juraría que todos están mirándome, pero espero que sea sólo paranoia.

Reviso rápido y encubiertamente, pero mi ropa no está en el pasillo. No estoy segura de si eso es algo bueno o malo, para ser honesta. Entro al salón, donde los estudiantes están esperando afuera de mi puerta para el primer período. Es una clase de primer año, una de las más sencillas. Entre más jóvenes son, más fácil me resulta controlarlos. Mi peor clase es la del sexto período, los de último año, la clase con Asher Martin, la estrella de fútbol y líder de los alfa-diotas.

El vecino que duplica mi tamaño desde la última vez que lo vi y que ahora me odia por completo.

Busco la puerta de mi salón antes de recordar que no tengo las llaves para abrirla.

Maldición. Necesito encontrar al conserje o al director.

No, espera. No, no, no. Resisto la necesidad de irme corriendo como una rata culpable.

Soy una profesora aquí. Necesito conservar mi dignidad.

Me enderezo en toda mi altura de un metro sesenta y giro la cabeza con altura hacia el estudiante que está más cerca de mí.

—Andrew, ve a encontrar al conserje para que abra mi puerta. Puede que no sea la loba más grande o fuerte de la escuela, pero como profesora, sé cómo tener autoridad.

—Sí, Srita. James.

Ni bien se va, desearía haber ido yo misma. Porque ahora los segundos se estiran como horas mientras suena el timbre y yo sigo parada en el pasillo con mi clase.

Pienso rápido.

—Ser un artista significa trabajar con lo que tienes, donde estás, —le digo a la clase—. Ha sonado el timbre. La clase comienza ahora. Miren alrededor del pasillo. Si fueran a mostrarlo de una forma que transmitiera un significado, ¿cómo lo harían?

Nadie está escuchándome.

Pongo toda la Orden Alfa en mi voz que puedo.

—Espaldas contra los casilleros.

Mis estudiantes se mueven desganados para formar una fila contra la pared.

—Ahora, miremos esa pared. —Señalo la pared opuesta—. ¿Qué ven, y cómo podrían decir algo con ello?

—¿Qué quiere decir con *decir algo con ello*? Es una pared. —Dice una de las alumnas, mirándose las uñas.

—Claro. ¿Cuántas cosas puede transmitir una pared?

Me miran sin entender.

—¿Cómo los hacen sentir las paredes?

Más miradas confundidas.

Ofrezco un poco de vulnerabilidad.

—A veces las paredes nos hacen sentir encerrados. Aprisionados.

Algunos asientes y empiezan a ver por dónde voy.

—Así que podría pintar esta pared con una inclinación opresiva en mi dirección, como si estuviera encerrándome. ¿O de qué otra forma podría mostrar eso?

—Podría pintar unos barrotes, —dice alguien.

—Exacto. Podría pintar barrotes de prisión.

—O podría hacer que los casilleros se vieran como barrotes de prisión, ¡ya sé! —finalmente, uno de mis estudiantes se emociona, —podría haber casilleros como barrotes de prisión y luego que se doblaran en el medio con un agujero hacia afuera.

—Sí, ¿y si todo dentro fuera blanco y negro y luego afuera estuviera en color? —Sugiere otro estudiante.

La recompenso con una sonrisa alentadora.

—Ahora eso suena como una obra de arte que vale la pena hacer.

El conserje, Zory creo que se llama, llega con las llaves. No me mira mientras abre la puerta para mí.

—Gracias, Zory, —murmuro.

Él gruñe como respuesta y se aleja sin decir otra palabra.

Alguien estuvo dentro de la clase recientemente. Siento el aroma, pero no puedo identificarlo. Mi ropa de anoche está doblada y apilada prolijamente detrás de mi escritorio, debajo de mi bolso.

Bueno. Exhalo la respiración que he estado conteniendo.

Alguien estuvo de mi lado.

Quizá nada está arruinado aquí.

Sigo con mi clase de la mañana y les digo que nos tomaremos un descanso del proyecto de puntillismo actual para intentar hacer algunos borradores del pasillo.

Una porrista levanta la mano.

—¿Sí, Remi?

—¿Podría ir al pasillo a hacer el borrador?

Dudo. Me encantaría sacar a mis alumnos de la clase y que el mundo empezara a verse a través de la visión del artista, pero no me siento lo suficientemente valiente como para afrontar el sistema después de mi comportamiento de anoche.

Eso sólo empeora cuando el director abre la puerta y entra.

—Necesito verte después de la escuela.

Mierda.

Probablemente me despedirán. Genial. Mi primer trabajo profesoral duró sólo tres semanas. No es segura de si la Artista en Mí acaba de sabotearse a sí misma para no venderme y quedarme en Wolf Ridge o si este es el castigo natural por dejar salir a mi loba.

No lo sé. Soy un verdadero desastre esta mañana como para entender alguno de mis errores o motivaciones desde que llegué.

Trago saliva.

—Sí, señor. Estaré allí.

Estoy tan jodida.

Capítulo cuatro

Asher

Mis dedos forman puños cuando camino por el pasillo. Mis nudillos suenan y crujen. Eric Damonella morirá.

En el almuerzo escuché un rumor, uno por el que lo mataré.

Se supone que tiene unas bragas de Carlotta y dice que llegó aquí y lo hizo con ella durante la corrida de luna llena anoche.

Evidentemente eso no es verdad.

Lo sé porque todavía recuerdo la sensación de su cuerpo esbelto debajo del mío. Cómo se sintió chocar contra ella y hacerla gritar de placer.

Es probable que haya traído unas bragas de su hermana a la escuela. Todo lo que me importa es que está creando rumores de mentira sobre Carlotta para degradarla y cosificarla.

Puede que yo sea un pendejo que se sienta en el fondo y le falta el respeto en clase, pero eso claramente no significa que dejaré que Eric Damonella la humille sin hacer nada. Tengo mis razones para odiarla.

Razones que ella entiende. Razones que nadie más tiene por qué saber.

Pero golpearé fuerte a cualquiera que haga más que seguir mis pasos en clase.

Abro la puerta del salón de arte. Tiene una de esas bisagras que se cierra automáticamente, pero golpeo tan fuerte la puerta que la bisagra sale volando y cae al suelo.

No me importa una mierda.

Eric está sentado en el fondo, donde nos sentamos mis amigos y yo, y está mostrándoles algo a los chicos que tiene en el bolsillo de su mochila.

Dejo mi mochila y empujo un par de mesas para apartarlas de mi camino mientras paso, lo que hace volar los trabajos de algunos estudiantes. Créanlo o no, todavía no tengo la atención de Eric. Está demasiado ocupado contándoles una historia de mierda a Seb y Markley, a quienes mataré por mirar las bragas que les está mostrando.

—No, amigo. No lo estoy inventando. Huele tú mismo. —Hace un bollo con la tela en su puño y se lo pasa a Seb.

Casi pierdo el control de mi lobo. Salto por encima de unas mesas a tiempo para agarrar la muñeca de Eric antes de que complete el pase.

Golpe.

Le rompo los huesos de la muñeca con una espiral rápida.

Una humana de la clase grita.

Pero mi lobo todavía no está satisfecho.

—¡Asher Martin! —Dice Lotta, corriendo hacia nosotros. Su aroma entra por mis fosas nasales, frío y térreo a la vez. Jazmín y miel.

Ella lleva un top turquesa corto que va por encima de su

ombligo y una falda negra lisa que lleva por encima de la rodilla, pero por desgracia abraza su trasero de una forma que me hace agua la boca.

Miro mal a la perfección con forma de corazón. Odio todo acerca de ella.

Y no quiero que esté cerca de mí ahora mismo. Su aroma altera a mi lobo y ya se está soltando de la correa.

—*Cálmate*.

Mi lobo reconoce el sonido de nuestra pareja, pero eso sólo lo enoja más. Como si creyera que está en peligro físico por este idiota, en vez de sólo su reputación.

Le pego a Eric en la cabeza y lo dejo encima de la mesa mirando a Carlotta.

—Cuéntale a la Srita. James lo que estabas diciendo.

Eric balbucea.

—Vamos. Dile. —Mantengo su rostro presionado contra el laminado.

—Suéltame, amigo. —Él lucha por pasar su pierna detrás de la mía para derribarme.

Levanto mi gran pie y lo empujo contra el costado de su rodilla.

—¿También quieres que te rompa la rodilla?

Eric es transformista. Sanará en un par de días. Pero las peleas no están permitidas en la propiedad escolar. Hay profesores y estudiantes humanos que se horrorizarían por el nivel de violencia que exhiben los transformistas en una pelea. Además, estará el problema de explicar por qué sanó tan rápido. Eric ahora tendrá que usar un yeso, haya sanado o no.

—Amigo, ¿cuál es tu problema? Pensé que odiabas a la Srita. James.

Tomo su cabeza y vuelvo a golpearla hacia abajo. La humana frente a mí vuelve a gritar. Definitivamente estoy rompiendo todas las reglas de la manada y de la escuela ahora mismo. Tendré que pagar caro por esto, pero estoy acostumbrado a ser la paria de la manada. Mi papá y Lotta se aseguraron de eso.

—¡*Asher!* —Grita Carlotta—. Eso es suficiente. Suéltalo. *Ahora*.

—Discúlpate con la Srita. James. —Me he calmado un poco ahora que estoy sosteniéndolo y puedo oler su dolor.

—Disculpe, Srita. James, —dice jadeando rápido.

—Dile por qué te disculpas. —Mi voz es más dura que una piedra.

Miro el suelo donde cayeron las bragas cuando él perdió el control sobre el uso de sus dedos. Las señalo.

—Dámelas, —le digo a Seb.

Seb obedece y levanta las bragas mientras me mira al pasármelas. Estoy seguro de que mi comportamiento parece haber dado un giro total. Mi objetivo en esta clase suele ser provocar a nuestra profesora suplente, no defenderla.

Las sostengo. Todo en mí está endurecido y malvado.

—¿Qué dices de esto?

Lo que me desencaja es cómo el rostro de Carlotta se queda sin color cuando ve las bragas.

¿*Son* estas sus bragas? Eric *sí* le dijo a Seb que las oliera.

Me las meto en mi bolsillo trasero e intento controlar la ira de mi lobo.

Él no la tocó. No hay forma.

Pero mi mente está enloqueciendo. ¿Y si él estuvo con ella después que yo? No. No lo creo.

Además, si lo hubiera hecho, ella no habría llevado bragas.

Entonces, ¿qué carajos?

Regreso mi atención a Eric, a quien temo que realmente asesinaré.

Vuelvo a golpear su cabeza una vez más y le pego en un riñón.

—Dile a la Srita. James lo que estabas diciendo de ella.

—¡Lo siento! —Llora Eric—. Dije que habíamos tenido sexo. Soy un pendejo, ¿bueno?

Miro el rostro de Carlotta transformarse en sorpresa y luego ira. ¿Pero eso significa que no tuvo sexo con él? ¿O que sí?

Mierda, estoy perdido aquí. No sé si no puedo confiar en alguno de mis pensamientos sobre esta mujer.

—Ambos, a la oficina del director. Ahora, —gruñe.

Mi mirada encuentra la de Carlotta y la sostiene. El color ha regresado a su rostro a través de dos puntos brillantes que están encima de sus mejillas. La ira aparece en su mirada dorada. —*Ahora, Asher.*

Debo admitirlo. Ella sabe cómo darle una orden alfa a su tono para ser una transformista tan pequeña. No me afecta a nivel físico, pero realmente pone una fuerza letal detrás de su orden.

No quiero soltar a Eric, ¿pero qué otra cosa puedo hacer? Confesó y se disculpó. A menos que realmente vaya a matarlo, la pelea ha terminado. Sin querer hacerlo, levanto mi forma de agarrar su cabeza como una víbora y luego lo tomo por debajo de las axilas para hacerlo pararse.

Camino hacia la puerta de la clase y tomo mi mochila al salir. Fuera del salón, volteo para mirar de nuevo a Carlotta.

Ella está mirándome con... ¿recelo? ¿Arrepentimiento?

Bueno, debería arrepentirse.

Espero que haya pasado muchas noches sumida en la miseria como mi mamá yo por lo que nos hizo.

* * *

Lotta

Toco la puerta del director Olsen, aunque su secretaria me dijo que me estaba esperando.

Ahora soy profesora, una adulta, intento recordarme a mí misma porque me siento igual que una chica traviesa. Bueno, sí cometí un error. Un adulto se haría cargo por completo.

A menos que no sepa qué sucedió. En ese caso, debería mantener la boca cerrada. Agh, ¡no sé cómo actuar!

—Carlotta. —Su mirada es de desaprobación, sin exagerar—. Siéntate.

Me siento en la silla frente a él y cruzo las piernas.

—Entré esta mañana y me encontré con tu ropa tirada por el pasillo. ¿Te molestaría explicarlo?

Me sonrojo. Destino, esperaba que asumiera que fui yo porque me transformé y no porque tuve sexo ardiente con alguien en la escuela.

—Lo siento tanto. Tuve un... accidente anoche.

—¿De qué tipo?

—Esto es realmente vergonzoso, pero la verdad es que no me había transformado desde que me fui a la universidad. —Obligo a mis manos a dejar de jugar sobre mi regazo y a mantenerlas firmemente tomadas—. Después de los primeros meses, descubrí que las lunas llenas en realidad debilitaban mi energía y fuerza vital. Pero anoche mientras estaba pintando aquí, escuché aullar a la manada y mi loba se despertó. Fue como si volviera a ser una adolescente prepuberta de nuevo; no pude controlar el cambio. Salí corriendo de la escuela. Cuando regresé, descubrí que me había quedado afuera. Planeaba llegar temprano para solucionar el tema de la ropa en el pasillo, pero de alguna forma, supongo que como resultado de mi primera transformación en casi cinco años, me quedé completamente dormida.

Omito la parte de darme cuenta de que mi pareja destinada está aquí en Wolf Ridge. Un miembro de esta manada. ¿Cuáles son las chances? De cientos de miles de lobos diseminados por todo el mundo, mi pareja destinada sería alguien de mi ciudad natal. El lugar del que necesito escaparme con desesperación.

El director Olsen frunce el ceño y exude ese poder y seriedad alfa que lo vuelve un buen directivo para una escuela llena de transformistas lobo.

—Deberías haberme contactado anoche cuando te diste cuenta de que no podías entrar.

—Sí, señor. —Quiero decirle la excusa de que mi teléfono también estaba adentro, pero podría haber ido a la casa de mis padres y haber tomado prestado el suyo. Sólo que no quería admitirle nada a mi mamá sobre lo que había ocurrido.

Tiene razón. La verdad es que perdí el control y luego me avergoncé, y no responsabilizarme por mis acciones sólo empeoró las cosas. Lo siento.

—¿Supongo que Eric Damonella encontró tus bragas en algún lugar del campus?

Me sonrojo aún más. ¿Es posible morir de humillación? No lo es, ¿verdad? Porque realmente parece que podría morir aquí, ahora mismo.

Me aclaro la garganta.

—Eh, sí, también supongo eso.

—Entiendo que sostuvo con otros estudiantes que había tenido sexo contigo.

Qué asco. Como si fuera a hacerlo con un estudiante.

Que un niño les diga a todos que lo hizo conmigo es el tipo de mierda atrevida que esperaba de esta situación. Lo que no esperaba fue que Asher Martin me defendiera.

¿De qué se trató eso?

Ese tipo literalmente me odia. Se sienta en el fondo de mi clase y murmura respondiéndome toda la clase. Ya le di detención dos veces por su comportamiento en mi clase, y sólo he estado enseñando en Wolf Ridge dos semanas.

Asher nunca hace la tarea que asigno. Predigo que pronto lo dejarán en la banca de los partidos de fútbol porque está desaprobando mi clase. Lo que será un problema porque entiendo que es una de los jugadores estrella de la escuela.

Pero no disfruto de castigarlo. Sólo le daré otra razón para creer que arruiné su vida.

—Estoy seguro de que eso no es verdad. Eso realmente sería antiético.

—Sí. —Le hice algunas preguntas. Mintió acerca de esparcir los rumores sobre ti, pero dijo la verdad cuando le pregunté directamente si había tenido relaciones sexuales de algún tipo contigo.

Asiento.

—No quiero que inventen rumores sobre mis profesores durmiendo con estudiantes en esta escuela. No quiero que haya bragas de profesoras pasando entre los estudiantes. Si no puedes controlar a tu loba en la luna llena, mantente lejos de esta escuela después de hora. Te di llaves y permiso para usar el estudio de arte en tu tiempo libre como un favor. No hagas que me arrepienta. ¿Entendido?

—Sí, señor. Perfectamente.

—Dudo. Antes de que me diga que me vaya, tengo que preguntarle por Asher.

—Dado que fue mi torpeza lo que causó la pelea en el salón, espero que usted, em, no haya sido demasiado duro con Asher. Él sólo estaba... siendo caballeroso, para ser honesta.

No sé por qué esa idea crea un nudo debajo de mis costillas.

¿Porque muestra que le importa? No, es claro que no es así. Sólo muestra que es un tipo decente debajo de toda esa actitud de pendejo.

—Lo suspendí por el resto de la semana, pero le permití jugar el partido de este fin de semana. Tenemos reclutadores universitarios que asistirán, y él es uno de los mejores.

El alivio me recorre.

—Bien. Eso es importante.

—Pero tendré que notificar al Alfa Green y al consejo. Él rompió las reglas de la manada al mostrar su naturaleza frente a humanos en tu clase. Además, la violencia fue excesiva.

Mierda.

Mi mamá está en ese consejo. Ella no será buena con Asher por su sesgo ante su papá.

Se me retuerce el estómago. Puede que sea un grano en el culo ahora mismo, pero yo sé cuánto ha soportado. Si lo expulsan de la manda, eso me enfermará.

—¿Está seguro de que eso sea necesario?

Todavía tengo esta necesidad siempre presente de proteger a Asher. Pero él ya no tiene trece. Tiene dieciocho y es un adulto ahora. Y mis intentos anteriores de protegerlo sólo le arruinaron aún más la vida. Pero de alguna forma, no logro contenerme.

—¿Estás cuestionando mi criterio?

—No, señor. Perdón. —Me paro—. Gracias por entenderlo. No dejaré que vuelva a suceder, se lo aseguro.

—Asegúrate de que no pase.

Salgo e intento no pensar en el destino de Asher. Es su problema, no el mío.

Sólo que fueron mis bragas las que lo empezaron. ¡Ah!

Capítulo cinco

Asher

Pongo los brazos alrededor de mi mamá y la abrazo fuerte. Su cuerpo delgado tiembla contra el mío y me dice que mis miedos de que me exilien de esta manada como a mi papá tienen fundamentación.

—Todo estará bien, —murmuro, sin saber si es verdad.

Estamos parados fuera de la puerta de la oficina del Alfa Green, adonde me citaron por teléfono durante la cena.

Ya respondí ante el director Olsen, quien me suspendió de la escuela por el resto de la semana.

—Si me fueran a echar, esta probablemente sería una reunión del consejo, —susurro.

Al menos así creo que funcionó cuando echaron a mi papá.

La vergüenza llena todo mi ser, como siempre cuando pienso en él. Fueron mis labios sueltos los que hicieron que lo echen. Confié como un estúpido en Lotta James. Le conté secretos y ella me traicionó.

Que giro horripilante del destino sería que ahora me echaran a mí por defender su reputación.

41

Suelto a mi mamá y toco la puerta ligeramente.

—Pasa.

Entro y el Alfa Green mira rápido a mi mamá.

—Espera afuera, Lisa.

Ella inclina la cabeza.

—Sí, alfa.

El Alfa Green se queda sentado, pero no me indica que me siente frente a él, así que me quedo parado.

—Le rompiste la muñeca a un estudiante en la escuela.

—Sí, alfa.

—En *la escuela*. Frente a *humanos*.

—Discúlpeme, señor.

Él observa mi rostro.

Me esfuerzo mucho por permanecer completamente quieto. Perfectamente estoico. No me permito tragar ni sudar. No quiero que el alfa de nuestra manada huela el miedo en mí. Eso confirmaría la idea de que he hecho algo mal.

—El director Olsen estaba inclinado a perdonarte por tu comportamiento por tu caballerosidad, estabas defendiendo a una profesora.

—Me suspendió hasta el partido del sábado, señor. —Lo señalo esperando que decida que ya me han castigado de forma apropiada.

—Eric tendrá que llevar un yeso por al menos cuatro semanas para evitar sospechas. Eso es más que tres días, ¿verdad?

El maldito se lo merece en lo que me concierne. Pero mantengo un rostro libre de indignación.

—Sí, señor.

El alfa Green debe sentir mi desacuerdo porque se para y envía todo su poder en mi dirección. Pongo todo de mí para no dar un paso atrás y mostrarle lo mucho que me afectó.

—La violencia está en tus genes, Asher. —Me señala con el dedo—. Tu padre era violento. Esta manada soportó incidente tras incidente con él, descartándolo como parte de su naturaleza de lobo, pero en retrospectiva, queda claro que no sabía lo que era correcto.

No sé a qué se refiere. Claro, mi papá se metía en peleas en el bar. Nos empujaba a mi mamá y a mí cuando estaba de mal humor. Pero su crimen final no fue violento.

Una mezcla familiar de vergüenza y enojo hace que mi cuello se sonroje con calor. Mantengo los labios cerrados y mi respiración se arrastra por mi nariz.

—¿*Y tú*, Asher?

Me quedo en blanco, sin entender qué me está preguntando. Mi mente estaba revisando esta perspectiva de mi papá.

—¿Conoces la diferencia entre lo correcto y lo incorrecto? —ruge.

Mierda. Lo hice enojar.

—Sí, alfa.

Él levanta las cejas.

—¿Eso crees?

Sí, señor.

Él me mira mal por un momento.

—Hijo, deja que te explique esto con claridad. No volveré a perdonar tu violencia. Estás a un pelo de que te echen de la manada como a tu padre. Cualquier otra irrupción y te vas. ¿Entendido?

Mi corazón late contra mi pecho.

—Sí, señor.

—Puedes irte.

Odio esta ciudad. Odio a toda esta maldita manada.

Sobre todo odio a Lotta James porque todo esto, todo este maldito desastre, recae firmemente sobre sus hombros esbeltos.

* * *

Carlotta.

Entro a mi casita y me tiro boca abajo en la cama que ocupa la mitad del departamento. La luz del sol entra por las ventanas y hace que las baldosas pulidas de saltillo brillen con el atardecer cálido.

Me fui de la escuela después de mi visita al director. Suelo quedarme y pintar hasta tarde, pero no puedo hacer nada creativo ahora mismo.

Es un milagro que no me hayan despedido. No estoy segura de cómo lo logré. Es probable que sea porque mi mamá es realeza de la manada y porque mis padres son miembros del alto consejo del Alfa Green.

Me suena el teléfono con un mensaje entrante. *¿Qué pasa, Arizona?* Es de Andy, uno de mis tres compañeros de piso humanos que dejé en Chicago cuando me di cuenta de que no podría pagar la renta. No somos amigos, pero embarré todo cuando jugué a *los compañeros de piso con beneficios* con él por un rato.

¿Qué puedo decir? Me sentía sola. Él era sensual, para un humano, y estaba disponible. Demasiado egocéntrico y sólo le interesaba el sexo para descubrir mi secreto.

No sé por qué me está escribiendo ahora. No teníamos más que una relación de escribirnos por cosas serias. Aunque esas cosas a veces fueran llamadas para tener sexo.

Le respondo, ??

Volveré a Scottsdale para encontrarme con el dueño de una galería que conoce mi mamá.

Puede que pueda conseguirte una reunión a ti también.

Oh. Inesperado. Andy es un escultor con un fondo fiduciario. Nunca tuvo que trabajar un día de su vida. Piensa demasiado de su arte y no le interesa una mierda el de los demás. No suele ser el tipo de hombre que le haga un favor a nadie.

Mi pulso se acelera. **Eso sería genial. Lo apreciaría. Scottsdale queda bajando la colina de Wolf Ridge.**

Genial. Te diré cuando sepa.

Me siento mareada. El ruido de mi estómago me hace bajarme de la cama. Algo acerca de transformarme anoche me hizo sentir voraz hoy. Juraría que es como transicionar de nuevo. Genial, estoy teniendo una segunda pubertad. Como si la primera no hubiera sido lo suficientemente horrible. Volver aquí fue un grave error. ¿Pero qué otra opción tenía?

No logré encontrar un trabajo en Chicago que pagara lo suficiente como para cubrir mis préstamos estudiantiles y la renta. Fui profesora suplente allí por veinte dólares la hora. Cuando la profesora humana de la secundaria Wolf Ridge se tomó licencia médica por el resto del ciclo lectivo, mi mamá me llamó y me dijo que viniera a casa y tomara el trabajo. El contrato de suplente a largo plazo paga más que lo que ganaba en Chicago. Es un compromiso de enseñanza de siete meses en la materia que amo. Decidí que mi mamá tenía razón: es una oportunidad para ponerme al día con mis cuentas antes de saber cuál será mi próximo paso.

Por supuesto, ella sólo quería que regresara bajo su ojo atento. Ella y mi papá podrían haberme ayudado financieramente cuando estaba en la universidad, tienen bastante dinero, pero se negaron. Básicamente dejaron que me muriera de hambre.

Lo que me recuerda, estoy empezando a temblar de hambre. Necesito proteína y no un par de fetas de jamón que tengo en la mini nevera. Tendré que invitarme a cenar con mis padres.

Estarán encantados. Yo, no tanto. Camino cruzando el deck de la piscina hacia su puerta trasera, que encuentro abierta.

—¡Ey, chicos!

El aire acondicionado de la casa está en veintiún grados y el aire fresco se siente bien en mi piel acalorada. No me había dado cuenta de que tenía calor.

—¡Hola, cariño! —Mi mamá tiene una copa de vino blanco en la mano y se está moviendo por la cocina, cocinando y bebiendo al mismo tiempo. Sigue con la ropa del trabajo, excepto por los tacones, y su blusa sin mangas está abierta en el cuello y salida de su falda tubo.

—Ey, pequeña. —Mi papá está parado en una escalera, instalando cortinas nuevas.

Mi mamá mira mi atuendo de arriba a abajo de forma crítica—. Dime que no te pusiste esa ropa para dar clases hoy.

Intento resistir la reacción instantánea de mi sistema nervioso ante su crítica. El calor en mi rostro. La subida del enojo. La tensión en mis palmas.

Sólo siete meses.

Luego me mudaré y trabajaré en mi arte.

—Me desperté tarde, —confieso. Pienso que si no notaron que salí tarde, alguien en esta pequeña ciudad segu- ramente se los dijo.

—Lotta, arriesgué mi cuello para conseguirte este

trabajo. No me avergüences probando que no eres lo suficientemente responsable...

—Está bien, Denise, —interrumpe mi papá.

—Mamá, lo sé. No descuido el trabajo. La luna llena me afectó.

Mis padres dejan de hacer lo que estaban haciendo para mirarme. Mi mamá se lleva una mano a la cadera. —¿Te transformaste?

Ah. Realmente no quiero tener esta conversación con ellos. Saben que no me transformé en todo el tiempo que estuve en la universidad. Que me pareció más sencillo encajar y vivir con humanos de ese modo. Por supuesto, por eso querían que volviera a casa,

—Sí.

Se ven con miradas encantadas.

—Eso es genial, corazón, —dice mi papá—. Apuesto a que se sintió bien.

Finjo una sonrisa.

—Así fue. Pero aceleró mi metabolismo. Dormí profundo y ahora muero de hambre.

—¡Bueno! —Dice mi mamá muy alegre—. Hagamos que comas algo. Pon la mesa, cariño. Ya casi termino este wok de ternera.

Odio que estén contentos por esto. No quiero admitir que mi papá tenía razón; sí se sintió bien. Toda la situación apesta a un te-lo-dije. Durante la mayor parte de mi crianza, me han dicho que el arte es para humanos. Las ciudades son para humanos.

Cuando elegí asistir a la escuela de arte en una gran ciudad en contra de sus deseos, me dijeron lo malo que sería para mí no transformarme nunca, cómo me enfermaría, que mi loba podría quedar dormida, o que podría sufrir alguna enfermedad humana como el cáncer.

Se negaron a ayudarme con la cuota o con los gastos para vivir, esperando que metiera la cola entre las patas y regresara.

Por más de cuatro años, he estado intentando probar que se equivocan. Entonces realmente odio que tuvieran razón con algo. Sobre todo con algo que los hace compartir sonrisas gloriosas sobre mí.

Supongo que es el pago por una comida casera que realmente dejará satisfecha a mi loba hambrienta. Pongo la mesa y me sirvo una copa de vino, bebiéndome la mitad de unos sorbos para intentar relajarme.

No es que la sensación del alcohol dure mucho en los transformistas lobo. Lo metabolizamos demasiado rápido. Espero que eso sea suficiente como para sobrevivir la cena.

Mi mamá termina y pone la comida en los tres platos que preparé.

Me siento en una silla y pongo la servilleta en mi regazo. Mi estómago suena fuerte.

—Voy, —dice mi papá antes que mi mamá lo llame. Él se lava las manos y se sienta a la mesa, buscando mi rostro con placer—. No te vi en la corrida anoche.

Levanto el tenedor y lo clavo. Es un plato simple: arvejas verdes, tomates, y carne con castañas de cajú y algún tipo de salsa de ciruela. Sabe celestial. Me trago un bocado antes de responder.

—No. No planeaba unirme. Por eso no fui al salón de la manada. Pero escuché los chillidos y aullidos desde la escuela y... supongo que no pude resistirme. —Obligo a mi voz a darle una nota de alegría, como si fuera algo que elegí en vez de algo que mi lobo me obligó a hacer.

—¿Encontraste a alguno de tus viejos amigos?

Sigo metiéndome comida en la boca.

—Eh... para ser honesta no sé con quiénes estaba

corriendo. El calor sube por mi cuello. De pronto estoy afiebrada otra vez al recordar a ese hombre.

Las cosas que me hizo.

¿Esto es lo que necesitas, lobita?

No he podido dejar de pensar en él en todo el día. En lo mucho que anhelo sus caricias dominantes otra vez.

Las necesito.

Del miedo que tengo de descubrir quién es. Daría lo que fuera por mantenerlo como una fantasía. Un hombre sin rostro con una voz increíble y ronca con quien me encuentro una vez por mes en la corrida de la luna llena.

Pero ya estoy muriendo por verlo de nuevo. No sé cómo esperaré otros veintisiete días.

Incluso hoy llamé a la oficina del Dr. Oakley durante el almuerzo e hice una cita para que me prescriba anticonceptivos. Definitivamente planeo tener sexo con este tipo otra vez, y no puedo arriesgarme a un embarazo no deseado. Considerando mi falta de control anoche cuando estaba en forma de loba, necesito tomar algunas precauciones.

—¿Pero lo disfrutaste? —insiste mi papá.

Este trasero me pertenece. Es mío para hacer lo que quiera.

Oh, destino. Me estoy acalorando y mojando justo aquí en la mesa de mis padres. Empujo otro gran bocado de comida en mi boca y mastico, asintiendo.

—Aján.

No me doy cuenta por un momento que mi mamá ha dejado de comer para mirarme.

Me obligo a ir más lento. A propósito bajo el tenedor.

—*Tenías* hambre, ¿verdad?

Tomo mi copa de vino y la vacío.

—De una forma inesperada. Lamento venir aquí y sumarme a su cena, pero no podía esperar a cocinarme algo.

—No, nos encanta que vengas en cualquier momento, cariño. Me pregunto si subirás un poco de peso ahora que te estás transformando de nuevo.

Agh. Ahora viene con el tema del cuerpo. Mi mamá realmente me enloquece. Trabajo en limpiar mi plato.

—Puede que sólo hayas florecido tarde, y por eso pudiste reprimir a tu loba cuando estabas en la universidad. Quiero que vayas a ver al Dr. Oakley para que te haga una revisión completa.

—Ya llamé para pedir un turno, —la interrumpo.

—Ya es una adulta, Denise, —agrega mi papá—. Ha estado sola por años.

—Lo sé, lo sé. —Mi mamá levanta la mano en su dirección sin quitarme la vista de águila de encima—. ¿Por qué pediste un turno?

La miro fijo.

—Anticonceptivos.

—¡Oh! —Eso la sorprende y la deja callada por un momento—. Bueno, eso es genial. ¿Significa que *realmente* disfrutaste la corrida de la luna llena? —Ella mueve las cejas. Por supuesto, le encantaría que encontrara a alguien aquí que me hiciera quedarme.

—Agh. —Me paro y tomo mi plato limpio conmigo—. Suficiente, mamá. Respeta mis límites, por favor. —Enjuago el plato y lo pongo en el lavavajillas.

Mi mamá tiene la gracia suficiente como para reírse.

—Muy bien, cariño. Lo siento. Sólo me importas, eso es todo.

Oh, lo sé. Sólo le importo de una forma que se entremete y es sobreprotectora.

Me inclino y beso su mejilla.

—Gracias por la cena, mamá. —También beso la mejilla de mi papá—. Los amo. ¡Adiós!

—Salgo por la puerta antes de que puedan seguir haciéndome preguntas.

Realmente estoy lista para una segunda cena. Como si esa me hubiera dado la energía suficiente como para subirme a mi coche y conducir a *'n Out burger* para buscar más proteína.

Eso haré. Buscaré una segunda cena y regresaré a la escuela a pintar.

Espero que mi loba no vuelva a tomar el control y termine perdiendo las bragas para que otro estudiante idiota las encuentre.

Capítulo seis

A *sher*

—Una suspensión de tres días de la escuela, pero igual podré jugar el partido del sábado, —le cuento a Abe cuando pasa por la panadería después de la práctica. Estoy bastante seguro de que mi participación va en contra de la política del Distrito, pero el fútbol es el soberano en Wolf Ridge. El hecho de que sea la estrella de la defensa probablemente sea la única razón por la que no me dieron un peor castigo.

—Bien. ¿Eso es todo?

Estamos en la parte de atrás del depósito adonde mi mamá me envió a limpiar y a organizar las provisiones de la Sra. Angelson. Es mi castigo porque me suspendieran del colegio.

No es que ayudar a la Sra. Angelson sea un castigo. La loba vieja es como una abuela para mí. Ha sido la jefa de mi mamá desde que era un cachorro, así que *Wolf Ridge Sweet Treats* es mi segundo hogar. He estado trabajando los fines de semana para ella desde que tenía quince.

Antes de llegar a la pubertad y entrar al equipo de

fútbol, solía venir aquí todos los días después del colegio hasta la hora del cierre. La Sra. Angelson me esperaba con una galletita caliente de mantequilla de maní y chips de chocolate y un vaso de leche para que me llevara a una mesita donde hacía mi tarea.

La misma mesa en la que Carlotta era mi tutora de matemáticas y me volvía loco con su aroma a jazmín y miel. La forma en la que jugaba con ese pendiente dorado de la luna mientras me miraba resolviendo un ejercicio.

—No. El Alfa Green dijo que la próxima me echaría. Esa es la parte en la que intento no pensar.

Podrían echarme de la manada antes de terminar la secundaria. Cualquier esperanza que tuviera, por más pequeña, de ir a la universidad con una beca de fútbol estaría destruida.

—Mierda. —Abe empieza a levantar bolsones de harina de veinticinco kilos y a pasármelos, así puedo apilarlos de forma prolija en tubos grandes de plástico con tapas. El depósito está detrás de la pintoresca panadería de la calle principal. A principios del 1900, era una pequeña fábrica de harina hasta que la competencia con una más grande, Hayden en Tempe, la hizo cerrar. Ahora es un gran edificio de ladrillos vacío que la Sra. Angelson usa para guardar provisiones extra.

—¿Entonces qué sucedió? Seb y Markley dijeron que enloqueciste.

Me encojo de hombros.

—Damonella me hizo enojar.

—Escuché que tenía las bragas de Carlotta James.

Mi labio superior se dobla, pero logro contener mi gruñido.

—¿Entonces le diste una clase de modales?

Le tiro una bolsa de harina tan fuerte que se parte

cuando choca contra la pared, y eso crea una gran nube de harina de trigo integral en el aire. Maldición. Una bolsa ropa fue la razón por la que la Sra. Angelson me puso a limpiar aquí para empezar. Ella quiere que todo esté inmaculado para que los roedores no puedan entrar.

—Maldita sea, —murmuro—. Ahora le deberé el costo de la harina.

—Entonces estabas defendiendo el honor de una profesora. Eso es legítima defensa. No veo cuál es el problema.

Gruño como respuesta.

—El problema es que todos en esta ciudad piensan que estoy destinado a causar problemas como mi papá.

—¿Qué sucede contigo y la Srita. James? —Abe me pasa otra bolsa.

La atrapo pero se la devuelvo.

—Espera. Tengo que mover todas estas para limpiar el desastre otra vez. —Muevo los tachos en su dirección para vaciarlos contra la pared.

—¿Estás evitando esa pregunta? —Abe se inclina contra la pared, de brazos cruzados.

Considero contarle la verdad. O sea, Abe acaba de marcar a una humana. Y ha estado lidiando con algún tipo de convulsión que escondió de nosotros por quién sabe cuánto. No es que el hijo perfecto del Dr. Oakley sea realmente perfecto.

—Te gustaba cuando estábamos en el ciclo básico. O sea, a todos. Es realmente linda. Pero sé que su mamá fue responsable de que echaran a tu papá de la manada.

Niego con la cabeza.

—*Ella* lo fue. Lotta, —me freno, el sabor amargo de la traición hace que mi lengua se sienta pesada. Odio tanto esta historia. Nunca antes se lo dije a nadie, ni siquiera a mi mamá, y no quiero empezar ahora.

Abe me mira con curiosidad.

Mierda. Se lo diré.

—¿Puedes guardar un secreto?

Él se acerca y deja de sonreír como suele hacerlo.

—Sabes que puedo, amigo.

—*Ella* fue directamente responsable.

—¿Sí?

Asiento.

—Sí. Le dije, no sé por qué, maldición, que mi papá estaba robando dinero de la cervecería. Se lo dije en secreto. Ella me juró que no lo contaría.

—¿Pero lo hizo?

Asiento.

—Seguro que así fue. Su mamá fue la que hizo que lo echen.

—Mierda. —Abe pasa sus dedos por su cabello—. No es tu culpa, amigo.

De pronto siento que me quedo sin aliento. Que Abe entienda el nivel de culpa que siento por ser responsable abre una herida que ni siquiera había considerado yo mismo. En ese momento, le puse llave a esa mierda. Me avergonzaba demasiado decirle a mi mamá lo que había hecho. Admitir que era mi culpa que ella hubiera tenido que convertirse en madre soltera hace cinco años.

—Hay más. —Ya me saqué ese peso de encima, así que bien podría contarle todo.

—¿Qué?

—El destino me jodió. —Levanto las cejas y las dejo elevadas en el aire, esperando a que Abe entienda.

Le toma un momento, y luego sus ojos se agrandan.

—¿Estás diciendo que...?

Asiento.

—¿Ella es tu pareja? Mierda. Eso es difícil. Tan difícil, amigo. Lo siento. Ella... o sea, ustedes han...

—Ella no lo sabe. —Omito la parte de que estuvimos juntos anoche. No soy del tipo de hombre que anda contando esas cosas. Además ni lobo es realmente sobreprotector de Lotta a pesar de mi odio hacia ella.

Veo empatía en la mirada de Abe, lo que me enfada. Es la misma empatía que recibí de parte de mis amigos después de que el Alfa Green echara a mi papá de la manada y el resto de la ciudad nos rechazara a mi mamá y a mí.

Tomo el último saco de harina; mi labio superior se eleva en un gruñido, pero antes de poder fingir, Abe me sorprende.

—¿Puedes guardar un secreto mío?

Mis cejas se levantan.

—Claro. —Junto la harina tirada en el piso con la escobilla y la tiro a la basura.

—Lauren no es humana del todo.

Me detengo y lo miro fijo.

—¿Qué?

Él me pasa la escoba.

—Es parte oso. Pensamos que su abuelo podría ser ese oso viejo que estaba paseando en las tierras de la manada el mes pasado.

Silbo.

—Qué carajo. Entonces por eso el destino te unió a ella. —Empiezo a barrer la harina que queda.

Abe asiente.

—¿Así que quizá haya una razón, sabes? —Él se encoje de hombros—. Intenté resistirme a ella, pero sólo enloqueció a mi lobo.

Junto lo que está en la esquina con la escoba e intento levantarlo todo.

—¿Crees que haya una razón por la que el destino eligió a Carlotta para mí? —Niego con la cabeza—. De ninguna forma. O sea, es realmente sensual, así que teóricamente haríamos lindos cachorros, pero eso no sucederá.

—Eso pensé yo también.

—Nop. —No dejaré que suceda—. Preferiría sufrir de la locura de la luna que marcar a esa mujer.

Abe se inclina contra la pared con los brazos cruzados sobre su pecho.

—Esa podría ser tu defensa. O sea, ante el consejo. El hecho de que ella es tu pareja. Nadie te culpará por defender la reputación de tu pareja destinada.

Me siento en los sacos de harina.

—Lo sé. Pero no le diré a toda la maldita ciudad antes que...

—Me detengo. ¿Antes que qué? ¿Antes de decirle a Lotta? ¿Ese es el plan?

Todavía no he pensado en mi próximo movimiento más allá de volver a cazarla próxima corrida de luna llena.

De algún modo, dudo durar tanto.

La necesidad de poner mis manos encima de ella crece con cada minuto del día.

—¿Antes de marcarla?

—No la marcaré, —gruño. Pero sé que es una mentira.

Hundiré los dientes en esa piel deliciosa que tiene y le dejaré mi aroma, así ningún otro hombre volverá a tocarla.

Pero eso no significa que me quedaré con ella.

Sera una situación de cazarla y soltarla.

Pero también sé que esa es una mentira.

Marcaré a Le voy a y luego la ataré a mi cama y la castigaré de cada forma deliciosa que sea posible por la miseria que me causó.

Sólo tengo que graduarme de la secundaria primero para no crear un escándalo mayor que el que hizo que echaran a mi papá de la ciudad.

* * *

Lotta

—Eres una pendeja por no regresar, ni siquiera de visita, —me dice mi amiga de la secundaria, Olivia, mirándome entre sus pestañas largas y postizas.

—En serio, —concuerda Brianna. Estamos en el Restaurante New Moon, donde las dos acordaron verme para ponernos al día.

—Lo sé. Lo siento. Sólo que... fue difícil vivir entre humanos, así que necesitaba un poco cortar lazos con mi vieja vida para poder adaptarme.

Hay dos caminos para los miembros de la manada de Wolf Ridge después de la secundaria: la muerte o la resurrección. Así lo veo yo, de todos modos. La muerte es quedarse. Trabajarás en la cervecería o en algún otro comercio local, te embarazará algún miembro de la manada, y te conformarás con morir aquí como lo ha hecho todo tu linaje. O, si tienes suerte y te esfuerzas mucho, puedes salir. Pero significará vivir lejos de la manada, entre humanos, lo que es estresante. Para poder sobrevivir, tendrás que renacer como humano.

—Es bueno verlas. Ni siquiera me di cuenta de lo mucho que había extrañado sus rostros.

Tengo suerte de que no estén más enojadas conmigo, considerando que ni siquiera intenté llamar a nadie después de llegar aquí hace dos semanas. Me encontré de casualidad con Olive en la tienda la semana pasada y le pregunté por culpa quiénes más de nuestro círculo estaban por aquí. Ella llamó a Brianna, y aquí estamos.

Ambas eran porristas de Wolf Ridge, gimnastas increíbles que construían pirámides altas hasta el cielo y se arrojaban desde seis metros en el aire. Ahora están atrapadas en Wolf Ridge. Brianna trabaja en el salón de uñas. Olive en una boutique de ropa cara bajando la montaña en la comunidad humana adinerada de Cave Hills.

—Sí. Escuché que Wilde Woodward está teniendo problemas jugando en Duke. Se metió en algún tipo de lío a propósito para que lo echaran del equipo, pero regresó ahora para terminar la temporada, al menos.

—Duke, guau. Eso es impresionante.

No estoy al día con todas las noticias locales. Por supuesto, mi mamá me llamaba mientras estaba en la universidad y me contaba sin parar todas las noticias de la manada, pero creo que no escuché que alguien había salido de aquí para ir a *Duke*.

Me pregunto, brevemente, si Asher es lo suficientemente bueno como para que le den una beca en algún lugar. Pero odia estudiar, así que dudo que quiera irse. Por lo que noto, el trabajo que hice por mejorar sus habilidades en matemática y escritura cuando fui su tutora se perdió por completo cuando expulsaron a su papá.

Mi estómago se vuelve un nudo conocido cuando pienso eso. Creerías que después de cuatro años y medio ya me habría perdonado a mí misma, incluso sin chances de que Asher algún día lo haga.

—¿Qué piensas que sea necesario para que te dé un entrenador como Jamison? —Murmura Olive mientras bate su licuado con el sorbete y mira con ganas al apuesto entrenador de fútbol treintañero de la secundaria.

Está sentado a un par de asientos. Con su escucha transformista, es probable que la haya escuchado, si se molesta en intentarlo.

Me obligo a beber mi batido espresso más lento. Casi me lo termino todo cuando Sandra, nuestra mesera, otra chica que nunca salió de Wolf Ridge, lo puso frente a mí. Destino, mi apetito ha estado descontrolado desde la luna llena. Esta comida me costará más de lo que quería gastar.

—¿Con quién lo hace durante las corridas de luna llena? —Se pregunta Brianna en voz alta.

Mis muslos internos se juntan cuando menciona la luna llena. Todavía sigo pensando demasiado en quién fue mi amante misterioso y en las cosas que me hizo.

—No lo hace. O si lo hace, es discreto.

—Tendría que ser cuidadoso. Se supone que sea un modelo a seguir para todos sus jugadores. Él es quien les da las charlas de educación sexual y sobre lobas, —digo.

¿Y si... *él* fue mi travesura de luna llena? El calor pasa por mi pecho. Quizá mi amante no esté ya en una relación. Quizá no se haya mostrado porque es una figura importante en la manada y tiene que ser cuidadoso con los rumores. Yo también me encuentro mirando hacia donde está sentado.

—Lo seguiré el mes que viene, —declara Olive.

—¿Sabes cómo luce su lobo? —Intento hacer que la pregunta suene casual.

—¿No lo saben todos? Es enorme y gris.

Gris. No negro. No es mi pareja.

Brianna pone su mirada de ojos oscuros sobre mí.

—¿Entonces? ¿Tienes algún humano-juguete en Chicago?

Me sonrojo y pongo los labios alrededor del sorbete.

—Tenía un compañero de piso con beneficios, pero lo terminé cuando me aburrí.

—Uh, ¿fue incómodo?

Niego con la cabeza.

—No. El ego de este tipo era tan grande que no creo que haya entendido que lo dejé. Todavía intentaba estar conmigo todas las noches hasta que me mudé.

Ella frunce la nariz.

—Agh. ¿Lo pateaste en los testículos?

—Nah. Era molesto, pero no peligroso. Tenía otras cosas por las que preocuparme, como encontrar un trabajo que cubriera la renta.

Olive me mira con empatía.

—¿Fue horrible allí? Creo que sería imposible vivir en una ciudad. —Ella pasa la mano sobre la mesa y me aprieta la mano—. Nos alegra tanto que regresaras.

—Sí... gracias. —Mi voz suena falsa.

Brianna lo nota.

—¿No querías regresar, no?

Me estremezco.

—En realidad no. El mundo artístico es casi inexistente aquí.

—¿Qué hay de Scottsdale? —Pregunta Olive—. Está solo bajando la montaña. Tienen muchas galerías de arte allí. Deberías llevar tus cosas y ver si quieren exhibirlas.

—Sí, pero necesitas conocer a alguien que haga que eso suceda. Ya saben, ser parte de ese mundo. Mi ex compañero de piso puede tener un contacto para mí, pero todavía no me lo ha confirmado. —Me miro a mí misma poner trabas. ¿Por qué tengo tanto miedo? ¿Por qué no volví a contactar a Andy? Intento quitarme esa resistencia—. Pero es una buena idea. De todos modos debería intentarlo. Nunca se sabe que podría pasar.

—Iré contigo si necesitas apoyo moral, —se ofrece Olive.

Mis labios se abren de golpe.

—¿Lo harías? ¿En serio?

Destino, estoy tan acostumbrada a pensar que nadie en esta ciudad apoya mi arte que su ofrecimiento me sorprende. Sobre todo considerando que he sido una amiga de mierda.

Ella se encoje de hombros.

—Claro. Sé cómo lidiar con humanos pretenciosos. Es lo que hago todo el día en el trabajo.

Mi visión se nubla por un momento y contengo la respiración hasta que pasa.

—Genial. —Inclino la cabeza—. Eso sería totalmente genial. Gracias.

—Amiga, para eso están las amistades. La manada se mantiene unida.

La manada se mantiene unida.

Esa declaración resuena en mi cabeza como una clavija cuadrada que no puede encontrar su agujero. *No* me mantendré unida a esta manada. Regresaré al mundo humano en donde podré florecer como artista. Y sin embargo, saborear el apoyo y la camaradería que me ha hecho falta, me hace sentir como si pudiera respirar profundo por primera vez en años.

Puede que sólo esté aquí unos meses, pero ya no tengo que alejar a mis amistades para sobrevivir. Me inclino hacia adelante y le roba una papa a Brianna.

—Entonces, ¡esperen a que les cuente lo que me sucedió en la corrida de la luna llena!

Capítulo siete

Lotta

Tiemblo contra la brisa. En el desierto, la temperatura desciende significativamente por la noche, y sigo con pantalones y un top corto.

Estoy haciendo un bosquejo bajo la luz tenue de las luces navideñas que están en el techo del patio trasero. El patio del frente de la casita estudio que me alquilan mis padres da a la piscina y a su casa, y por eso prefiero este lado. Aquí tengo algo de privacidad. Da a la naturaleza, lo que inspira el fondo de mi bosquejo.

En el centro hay una loba gigante. No soy yo. Es una loba alfa. La veo en mis sueños. Es blanca como la nieve. Esbelta. Poderosa.

Dejo el carboncillo y el cuaderno de bosquejos y me envuelvo con los brazos mientras miro la oscuridad.

Esta noche la naturaleza me está llamando.

Transfórmate. Cambia. Corre.

Encuentra a tu pareja.

Quizá no sea la naturaleza. Quizá sólo sea mi loba que tiene ganas de liberarse otra vez.

No he sido la misma desde la corrida de la luna llena. Me ha resultado imposible dormir. Me quedo despierta, acalorada y llena de energía. Cuando duermo, mis sueños se ven frecuentados por *él*.

Mi loba quiere a su pareja. Quiere otra ronda con él. Quiere que averigüe quién es. Que lo encuentre. Que tenga su atención.

Me despierto cada mañana sudada, excitada y desesperada por una descarga.

Volteo la cabeza y escucho lo que sonaba levemente como una pelota de fútbol.

Pero no. Estoy imaginando cosas. Todo lo que escucho es el sonido de bocinas que festejan. El equipo de fútbol de Wolf Ridge debe haber ganado el partido. Más temprano, los festejos llegaron con la brisa desde el estadio. El equipo siempre hace un gran espectáculo para la ciudad.

No fui al partido, a pesar de la desesperación de mi loba por salir y oler a todos los hombres de la ciudad. Hay algo acerca de estar en casa cuando el resto de la ciudad está en el mismo lugar que se siente placentero. Es probable que sea porque eran los únicos momentos en los que puedo concentrarme en mi arte cuando vivía bajos las reglas de mis padres.

Me pregunto si a Asher lo habrán dejado jugar en el partido de esta noche. Estuvo ausente en clase los últimos tres días, pero el fútbol importa aquí. No me sorprendería que el director Olsen lo dejara salir a la cancha esta noche. Consideraría que las acciones de Asher en mi salón estaban justificadas desde la perspectiva de un lobo. Un lobo macho que defiende el honor de una mujer es parte de nuestra cultura. Sólo que esas acciones no se permiten en la escuela o frente a humanos.

Suspiro y me paro en la silla del patio. Estoy demasiado

inquieta como para disfrutar la hermosa noche. Mi piel está caliente y pica. ¿Quizá sólo debería transformarme e intentar correr? ¿Dormiría mejor? ¿O agravaría mis problemas?

Giro hacia la puerta y me quedo helada. El grito es tan fuerte que me lastima la garganta.

Si esto fuera una película de terror, habría el sonido que te hace saltar. ¿Ya saben, el de los violines agudos?

Porque parado en mi pórtico está la forma imponente de uno de mis estudiantes.

No cualquier estudiante. El que me odia por una decisión que tomé hace cinco años. Al que acaban de suspender por pelear en mi salón.

Asher Martin.

Sus ojos se entrecierran mientras levanta la nariz para sentir mi aroma.

—Me tienes miedo.

¿Es desdén lo que noto en su voz? Parece más bien enojo.

Pero quizá esa sea su vibra cotidiana hacia mí.

Dios, ha sido su vibra general incluso desde antes de que llegara a la pubertad y se convirtiera en lobo. Creció en un hogar violento. La violencia crea más violencia, como todos sabemos.

Y ahora mismo, tengo un defensor enojado de ciento quince kilos parado en mi pórtico, sin dudas está aquí para vengarse. No estoy segura de si es una venganza por el pasado o porque lo suspendieran esta semana.

Miro rápido hacia la casa de mis padres. ¿Debería pedir ayuda? Puede que ya hayan regresado del partido. Pero entonces habría más repercusiones para Asher. Mi mamá haría que lo castiguen con todas las consecuencias de la ley de la manada por amenazarme. No estoy segura de querer eso para él. Nunca creí que mereciera la reputación del rebelde enojado y deshonesto que tiene en esta ciudad.

Las fosas nasales de Asher se abren cuando miro hacia la casa.

—¿Piensas en pedir ayuda? —Se acerca amenazante.

Me mantengo en el lugar con el cuello sostenido en alto, pero mi corazón late fuerte contra mi esternón. Las palmas de mis manos están húmedas con sudor. Sé que Asher puede oler mi miedo.

—¿En serio no entiendes por qué estoy aquí, verdad, Lotta? —Su voz es suave y peligrosa. Deja de llamarme *Srita. James*, lo que me da igual. Siempre logra decirlo de una forma provocativa que me asegura que no transmite nada de respeto.

—Piensas que quiero venganza. Eso tiene sentido después de lo que me hiciste a mí y a mi familia. —Se acerca aún más.

Resisto la necesidad de retroceder. Sigo siendo la profesora de Asher, maldita sea.

—O quizá creas que quiero algo de ti. —Inclina la cabeza y me observa—. Quizás estoy aquí para ver si en serio te quitas las bragas con tus estudiantes.

El enojo repentino saca a mi loba a la luz, pero es demasiado tarde.

Asher se mueve antes de que termine de formar puños con las manos. Me pone contra la pared de la casita con una mano alrededor de mi garganta y la otra sosteniéndome debajo de una rodilla.

Grito con sorpresa ante su violencia repentina. Pero me doy cuenta de que no me está ahogando. Estoy colgando encima del suelo, mi peso sostenido por mi rodilla en vez de mi garganta.

Sólo me está asustando. Me está mostrando lo fuerte

que es. De lo que es capaz. Un apretón de su puño poderoso y podría romperme el cuello. Ninguna cantidad de propiedades curativas de transformista podrían regresarme de eso.

—Veamos si puedes comprender la razón real por la que estoy aquí, —gruñe.

Intento patearlo en los testículos, pero atrapa mi pierna libre contra la pared con sus caderas. Su cuerpo presiona contra el mío. Siento el borde de sus músculos duros como la piedra.

Estoy sudando y tengo frío al mismo tiempo.

—Cierra los ojos, Lotta. —Su gruñido ahora es un ronroneo grave.

Lo miro fijo, confundida. ¿Qué?

—Ciérralos y respira profundo. Luego dime por qué estoy aquí.

No me muevo. Sigo conteniendo la respiración e intento descifrar qué carajos está diciendo. ¿Qué quiere de mí?

—Respira. —Hay una orden alfa en su voz y mi cuerpo responde por instinto.

Respiro profundo y busco una pista en su rostro.

—Cierra los ojos. —Otra vez la orden alfa.

Mis párpados se cierran de inmediato. El calor de su respiración es un susurro contra mi rostro. Su frente toca la mía.

—¿Por qué estoy aquí, Carlotta? —El gruñido es grave ahora. Provocador.

Con los ojos cerrados, mis otros sentidos se agudizan. Escucho el latido de mi propio corazón. El sonido agitado de mi aliento. El aroma a miedo mezclado con notas más profunda de…

¡Ah!

Mis ojos se abren de golpe.

Cuero y especias.

Oh no.

No, no, no.

Eso no puede ser.

Asher Martin *no puede* ser mi amante de la corrida de luna llena.

Oh. Mierda.

Pensé que era un hombre más grande. Alguien que no podía reclamarme porque ya tenía pareja. No un estudiante.

Pero no puedo negar su aroma ni la respuesta de mi cuerpo ante él.

El destino me dio una pareja posible. El destino realmente está jodiendo conmigo.

Porque Asher Martin, uno de mis estudiantes y mi amargo enemigo, no puede ser mi pareja.

Ni bien lo comprendo, Asher me suelta y me deja caer a mis pies suavemente. Me mira fijo y me estudia.

—Entonces.

Maldito sea. ¿Cómo se atreve a hacérmelo así? Él no me dejó ver su identidad porque sabía que no estaba bien. Que nunca habría consentido a tener sexo con él. Puso en riego mi trabajo.

Le doy una cachetada. Es un desafío porque es mucho más alto que yo. La cachetada me hace arder la mano y parece tener cero efecto en él. Vuelvo a darle otra más fuerte. Luego, una tercera. Sigue teniendo cero efecto. Preparo el brazo para pegarle por cuarta vez, pero él toma mi muñeca y me da vuelta, me agarra de la cintura, con la espalda subida contra su frente.

—Si me vuelves a dar una cachetada, te dejaré el trasero rosa de nalgadas, —gruñe en mi oído.

Destino, ayúdame. El calor florece entre mis piernas y sube por mi cuello y rostro. En todo lo que puedo pensar es en las nalgadas que me dio en el bosque. En lo fabuloso que se sintió que me dominara su cuerpo fuerte y mandón. En lo mucho que quiero que lo repita.

No. Destino, no. Esto está mal en otro nivel.

Asher me suelta y de inmediato salgo corriendo; mi mano busca la manija de la puerta de la casita. La abro y me apresuro en entrar, pero él está justo detrás de mí. Me levanta y me arroja al centro de la cama. Sólo está mostrando su dominio físico ahora. Asegurándose de recordarme lo grande y fuerte que es y lo pequeña que soy yo.

Me apresuro en pararme sobre la cama, en donde puedo estar encima de él para variar, como un perrito que se para en una silla para ladrarle a uno más grande.

Por supuesto, Asher no está intimidado por mí en lo más mínimo.

—Entonces. —Él avanza hacia el borde de la cama. —Te diré por qué vine aquí. —Él busca en su bolsillo y saca mis bragas.

Maldito sea. Por supuesto que las tiene.

¿Por qué no se me ocurrió exigirle que me las devuelva después de la pelea?

Él sostiene la tela de seda roja y la hace colgar de su pulgar. Intento sacárselas, pero él levanta la mano para dejarlas fuera de mi alcance.

—Quiero saber por qué carajos Eric Damonella tenía las bragas de mi pareja.

—¡No soy tu pareja! —Digo de repente aunque es tan evidente que no es verdad. Lo que quiero decir es que no consentí a serlo. No dejaré que me reclame. Esto no sucederá. Incluso si no fuéramos enemigos, es mi estudiante y le llevo cinco años. Es imposible.

Él levanta una ceja. Lo que, por desgracia, me parece increíblemente sensual.

Espera. No.

No me puede atraer este tipo. *Es un niño.*

Pero nada acerca de Asher Martin es infantil. Mide casi dos metros y pesa ciento diez kilos de puro músculo, y tiene dieciocho años. Asher ya es *todo un hombre.* Un lobo alfa. La apariencia tan devastadoramente hermosa que tenía como un niño flacucho de trece años, ahora lo vuelve realmente hermoso.

—Sabes que eso no es verdad.

—Mueve las bragas—. Dime que él no te tocó, así sé que no tendré que matarlo esta noche.

Capítulo ocho

sher

Lotta pone las manos en su cadera y me mira mal.

—No es de tu incumbencia.

Le muestro los dientes.

—Dile eso a mi lobo. —Una calidad mortal de mi voz hace que se le pongan de punta los pelos de los brazos.

Debe saber que mi lobo querrá sangre. No pudo contenerse de atacar a Eric en su salón la semana pasada por faltarle el respeto. Puede que la odie, pero mi lobo la defenderá hasta la muerte. Tan sólo es la naturaleza de un transformista.

Meto las bragas en mi bolsillo trasero y tomo uno de los tobillos esbeltos de Lotta. Tiro rápido y pierde el equilibrio, se cae hacia atrás. Estiro una mano para sostenerla cabeza y suavizar su caída al colchón.

Sus ojos están locos. Su aroma a jazmín y miel invade todo el lugar: una mezcla de miedo, enojo y lujuria.

Estar cerca de ella al mismo tiempo calma y enloquece a

mi lobo. Quiero hacérselo tanto; es difícil no reclamarla aquí mismo, justo ahora.

Por supuesto, eso no puede suceder. Aunque no me odiara, no la quiero.

No puedo confiar en ella. Su familia odia a la mía.

La forma esbelta de Lotta está en el centro de la cama king, que ocupa la mayor parte del monoambiente. Una colcha blanca inmaculada la enmarca y la pila de almohadas mullidas junto al cabezal la hacen verse como una supermodelo asombrosa posando para una revista de diseño de interiores.

Se apoya en sus codos; sus mejillas están sonrojadas. Hay un brillo verde en sus ojos. Su lobo se está mostrando. No sé si es por peligro o deseo.

El deseo de destrozar esa manta, de romper el cabezal, de descubrir exactamente por qué una pequeña loba como Lotta necesita una cama gigante me sobrepasa.

También la necesidad de saber lo de las bragas.

—Dime que él no te tocó, —gruño. No quería poner amenaza en mi tono. O más bien, la amenaza es para Eric, no para ella, pero su garganta se mueve.

—Él no me tocó.

Mi lobo está tan complacido por esa respuesta. No sólo porque él no la tocó, no creía que lo hubiera hecho, sino porque me ofreció la respuesta. Está de acuerdo con que *es* de mi incumbencia.

Sostengo sus tobillos con las manos.

—¿Cómo consiguió las bragas?

La mirada de Lotta pasa a mi mano y ella tira de su tobillo, probando mi agarre, pero el aroma de su excitación florece en la habitación.

Ella me quiere. Puede que estemos completamente

enfrentados, pero la biología está ahí. No hay nadie más que yo para ella.

Nadie más que ella para mí.

Junto sus tobillos. Sus rodillas se doblan y su trasero se adelanta hacia el borde de la cama.

—Dime, Lotta.

—No me había transformado desde que estaba en la universidad, —dice ella.

Mis cejas se levantan con sorpresa. Quiero preguntarle muchas cosas de ello, pero no interrumpo su historia.

—No planeaba transformarme durante la luna llena. Estaba en la escuela, pintando. Escuché a la manada y luego me puse como una adolescente en transición. Estaba empezando a transformarme antes de saber qué pasaba. Me quité la ropa mientras corría hacia las puertas traseras. Por suerte no rompí la ropa. Cuando regresé, me di cuenta de que me había quedado afuera de la escuela. Mi teléfono y mis llaves estaban adentro. Quería volver temprano a la mañana siguiente, pero me quedé dormida como si también estuviera en transición. El director Olsen encontró mi ropa, pero no debe haber visto las bragas.

No puedo contener el gruñido grave que sale de mi garganta. Pensar que cualquier hombre, directivo o estudiante, toque sus bragas me hace querer golpear las ventanas de la escuela y prender fuego todo el lugar.

Debo asustarla porque Lotta intenta escaparse de mis manos y lucha por patearme.

Sostengo sus pies en la cama y los separo más, así sus rodillas se abren. Mi lobo está justo en la superficie. Sé que mis ojos deben estar brillando. El deseo de poseerla, de asegurarme de que ningún otro hombre esparza un rumor acerca de ella hace que mi cerebro entre en cortocircuito.

En todo lo que puedo pensar es en sexo.

Dominación.

Hacerle cosas sucias e irrespetuosas a ese cuerpito ardiente de ella. Aún más irrespetuoso que la última vez.

—¿Cómo castigo a mi pareja por darle sus bragas a otro hombre? —No lo digo en serio. Al menos, ni siquiera pensé las palabras antes de que salieran de mi boca. Pero ni bien las digo, mi verga se pone más dura que el acero. La idea de pegarle a ese lindo trasero suyo me causa una emoción burbujeante que se dispara por mis venas. Recuerdo lo mucho que le gustó la última vez.

Recuerdo lo emocionada que estaba cuando la amenacé en el pórtico esta noche.

En mi estado de excitación, no noto que ella no está emocionada esta vez. Está demasiado intimidada. Intenta patearme otra vez.

—¡No se las di! Por el amor de Dios, Asher; sólo te conté lo que sucedió.

Las palmas de mis manos pasan a sus rodillas y las separo más, hacia sus hombros.

La respiración de Lotta tiembla en su barriga mientras jadea y me mira fijo. Sus ojos son de un verde brillante y muestran a su lobo.

Me inclino hacia adelante, atraído por la piel delicada de su muslo interno. Muerdo allí y luego arrastro mi boca abierta junto a la piel suave y dulce, lamiendo y mordiendo mientras avanzo hacia el ápice de sus muslos.

El aroma de su excitación me nubla la cabeza. Abro bien la boca y cubro toda su entrepierna. Sus pantalones cortos y finos no son barrera para el calor y la humedad que siento a través de ellos. Raspo con los dientes junto a su sexo.

—¿Qu-qué estás haciendo?

¿Qué *estoy* haciendo?

No tengo derecho de estar aquí entre los muslos de Carlotta James. Ella no me invitó. Ella no consintió. Y ya me dio tres cachetadas por tomarla sin su consentimiento la última vez.

Sólo porque soy su pareja no significa que pueda tomarla a la fuerza para obtener lo que quiero.

Debería ser lo opuesto. Debería respetarla. Tratarla como a una maldita reina. ¿Entonces qué estoy haciendo aquí?

Suelto sus rodillas. Sus pies caen sobre la manta.

Ella sigue respirando agitada, inhala fuerte y exhala como si acabara de correr una carrera.

Me incorporo y le sostengo la mirada. Estoy seguro de que mi lobo se muestra en mis ojos, como en los suyos. Pero estamos enfrentados. Esta es una unión prohibida. Puede que yo sea un adulto con la capacidad de dar consentimiento, pero ella es profesora en Wolf Ridge. Soy un estudiante. Además, no me quiere. Ciertamente yo no la quiero. Mientras retrocedo hasta la puerta, nuestras miradas siguen unidas.

—Asher.

No. No quiero tener esta charla con ella. No quiero escuchar nada de lo que tenga para decir.

Abro la puerta y salgo, dando un portazo. Corro hacia el desierto, bajo hasta el riachuelo que une las casas adosadas donde vivo con mi mamá con la propiedad sofisticada de los padres de Carlotta.

Me detengo y me inclino contra el lado oscuro del edificio.

Mi lobo está frenético. Quería a Carlotta. Está enojado de que me fui.

—No se puede forzar una unión sin amor, —murmuro en voz alta, intentando calmar la agresión antes de hacer algo estúpido. Algo que me ponga en problemas una vez más.

Parece que siempre estoy en la maldita casa del perro en esta estúpida ciudad.

El aroma a jazmín y miel de Carlotta todavía sigue en mis fosas nasales. El sabor de su piel permanece en mi lengua. Será imposible dormir esta noche.

Cuando recuerdo que todavía tengo un pedazo de ella conmigo, saco las bragas de mi bolsillo trasero y respiro profundo.

Escucho el golpe de la pantalla de la puerta cuando alguien sale de su pequeña parcela.

La luz de un encendedor me dice que es Murph Downy, un trabajador de ensamblaje de la cervecería.

—Ey, —me grita—. ¿Qué estás haciendo aquí?

Y allí esta.

Más problemas.

—Nada. Sólo yendo a casa. —Me guardo las bragas de nuevo en el bolsillo y salgo hacia nuestra casa adosada.

—¿No eres el hijo de Johny Martin?

Claro. Porque todos en esta maldita ciudad piensan que soy de tal palo, tal astilla con mi papá.

A la mierda con esto. Lo enfrento y le muestro todo mi tamaño y algo de agresión para probar que no me echaré atrás sólo porque sea mayor. Soy más grande, maldición. Este pendejo no me acosará porque lo que asume por tener su mismo apellido.

—¿Entonces?

Él entrecierra los ojos y me mira de arriba a abajo, luego se escupe en los arbustos.

—Entonces, te estoy vigilando, niño.

Contengo el *vete a la mierda* que se me viene a los labios. Eso sería excederme.

—Vigila todo lo que quieras, —murmuro, alejándome hacia mi propio pequeño jardín.

* * *

Lotta

Me quedo recostada sobre la cama, jadeando. Mi cuerpo está acalorado. La piel entre mis piernas está hinchada y presiona contra la costura de mis pantalones cortos. Estoy más que sensible. Es doloroso.

Asher acaba de hacer la peor cosa posible.

No la parte en la que me tiró sobre la cama y me abrió las piernas sin mi permiso. No la parte en la que me mordió y lamió la entrepierna. Ni siquiera cuando puso su boca caliente junto encima de la costura de mis pantalones cortos y mordió como si fuera a comerse un durazno.

Aunque por un minuto, pensé que se iba a poner forzado.

Al igual que en la corrida de la luna llena, no estaba segura de si tenía elección o no. No estaba segura de si quería que me diera la posibilidad de elegir.

Hay algo tan emocionante acerca de estar debajo de un hombre que podría partirme el cuello con un movimiento de su gran mano.

Pero lo peor fue cuando se alejó, salió justo por mi puerta hacia la noche.

Se fue sin satisfacerme. Sin quitarme los pantalones cortos y poner su lengua adonde la quería con desesperación. Sin subirse encima de mi cama y ponerse duro conmigo para obligarme a rendirme. Sin darme ese castigo que me prometió.

Y no sabía hasta que se fue cuánto deseaba mi cuerpo las caricias de Asher. Las necesito tanto como respirar.

Me levanto de la cama con las piernas temblorosas. Voy al baño y me echo agua en el rostro acalorado. Mis ojos de lobo me miran en el espejo. Sigo con picazón y calor. No puedo pensar con claridad. ¿Por qué se fue sin terminar lo que había empezado?

¿Ese fue el castigo? ¿Dejarme excitada y necesitada y completamente insatisfecha? No tenía idea de que esto era lo que significaba estar cerca de tu pareja.

¿O Asher decidió mostrar piedad porque pensó que yo no quería? Es probable que pareciera que no. ¿Le dije que *no*? No recuerdo cómo. Estaba nerviosa, eso es seguro.

Tenía realmente asustada cuando llegó, y eso lo hizo enojar. Él necesitaba que yo entendiera por qué él estaba aquí. Puede que me odie, pero es mi pareja. No puede mantenerse alejado de mí más de lo que yo puedo negarme cuando llega.

Estamos biológicamente hechos para el otro, por más horrible que eso pueda ser para ambos.

¡Agh!

Todavía temblorosa y acalorada, me quito la ropa y abro la ducha fría. Quizá si me quito su aroma de encima, podré calmarme.

Destino, eso espero, o las posibilidades de dormir esta noche serán nulas.

Capítulo nueve

Asher

No duermo ni un minuto toda la noche, ni la siguiente. Sólo me recuesto despierto, girando. Me masturbo una y otra vez para intentar no transformarme y correr la corta distancia de regreso a la casita de Lotta.

Destino, de pronto entiendo las historias humanas acerca de los hombres lobo, la idea de un transformista atándose para no transformarse y salir.

Eso es lo que necesito hacer. Porque estoy bastante seguro de que si me permito hacerlo, tiraría abajo la puerta de Lotta y la reclamaría como mi mujer con tanta fuerza que toda la ciudad de Wolf Ridge escucharía sus gritos.

El lunes por la mañana, me encuentro despierto antes del amanecer. Abro el cajón superior de mi cómoda y empujo los soquetes hacia un costado. Tomo el último sobre que llegó dirigido a mí con la letra de mi papá. Llegó hace unos seis meses. Dentro, no había ninguna nota. Sólo nueve billetes de cien dólares envueltos en un pedazo roto de papel con tachaduras que se parecían mucho a apuestas.

Es probable que sea lucha en jaulas. O que esté robando, quién sabe.

El último sobre había llegado ocho meses antes. No hay un patrón o una razón de cuándo llegan o cuánto envía. Nunca mandó una carta en los sobres. Peor nunca fue el tipo de papá que dijera algo lindo.

Supongo que debería estar agradecido de que recuerde que tiene un hijo.

Incluso antes de que echaran a mi papá, no era realmente una figura paterna. Ahora, como mi mamá se negó a irse con él cuando lo echaron, está completamente desconectado. No llama, ni escribe, ni hace videollamada. No tenemos idea de dónde vive o qué hace.

Mi mamá se niega a tomar su dinero; está demasiado enojada con mi papá por lo que hizo. Dice que el efectivo probablemente sea sucio y que es para mí de todos modos, su forma de pagar la manutención, así que puedo hacer lo que quiera con él. Intento que me dure lo más posible, contribuyendo en comprar comida, pagar mis propios gastos y comprarle un lindo regalo de cumpleaños y de solsticio a mi mamá.

Abro un poco el sobre ahora. Quedan trescientos. No sé por qué estoy mirando. Por qué mis pensamientos están conectando el dinero con Lotta. Como si fuera a usarlo para conquistarla. O para lucirme con ella. O para ser su proveedor.

Como si fuera a hacerlo.

Debajo del sobre hay una fina cadera con un pendiente delgado de una luna creciente, hecho de oro real.

Lo tomo y me lo llevo a las fosas nasales como si pudiera seguir teniendo el aroma de Lotta después de todos estos años. No lo tiene, pero me ayuda a recordar esa dulzura de todos modos. Jazmín, miel y ese aroma que te hace agua la boca de excitación femenina provocan que mi cabeza se maree.

Lo sacudo fuerte.

Me ducho y salgo en mi motocicleta, ganándole a mi mamá en llegar a Wolf Ridge Sweet Treats. El aroma de los croissants recién hechos llena el callejón donde estaciono mi motocicleta. La Sra. Angelson ya está trabajando dentro, desenvolviendo una barra de mantequilla para ponerla en la mezcladora.

Su rostro arrugado se ilumina con una sonrisa cuando entro por la puerta trasera. El resto de la ciudad puede pensar que soy deshonesto, pero la Sra. Angelson siempre me ha tratado como si fuera especial. De hecho, si ella no hubiera apoyado a mi mamá cuando echaron a mi papá de la manada, no estoy seguro de que mi mamá y yo hubiéramos podido quedarnos en Wolf Ridge. Ella encontró horas extra que darle a mi mamá después de que mi papá se fuera y no necesitaba más ayuda. Incluso cuando a ella también le costaba llegar a fin de mes.

—Buenos días, Asher. Te levantaste temprano. Pensé que hoy acababa tu suspensión.

Me acerco y presiono la mejilla contra la suya arrugada para darle un beso.

—Así es. Pero vine para encargarme de los envíos de la mañana.

—¿No eres dulce? Todavía no llegaron. Porque no llenas la jarra de café con agua. —Ella señala la bacha de tres compartimientos donde la jarra se ha estado llenando con agua filtrada. La tomo y me la llevo al frente de la panadería para conectarla y añadir granos frescos de café. La enciendo para que lo prepare y la gente pueda servírselo cuando vengan a buscar su factura de la mañana.

Mi mamá abre la puerta del frente y me mira sorprendida.

—¡Asher! Pensé que seguías en casa en la cama. ¿Qué estás haciendo aquí? Hoy tienes escuela, sabes.

—No podía dormir. Vine a ver si podía ayudar.

La cara de preocupación de mi mamá se relaja a una de afecto.

—Eres un niño dulce.

—Eres la única persona del mundo que piensa que soy dulce, —le digo con una sonrisa.

—No es verdad, —dice la Sra. Angelson desde atrás.

—Bueno, son dos entonces. —Entro a la cocina, tomo un croissant de chocolate de la bandeja que acaba de sacar del horno, y le doy un mordisco gigante—. Mmm. Delicioso.

La Sra. Angelson me pincha.

—Viniste sólo para desayunar, ¿verdad?

—Mmm. Está absolutamente perfecto, Sra. A. —La factura crujiente se derrite en mi boca y el chocolate oscuro cae encima de mi lengua.

Mi mamá viene a la cocina y se pone un delantal. Ella empieza a trabajar junto a la Sra. A sin que le digan qué hacer.

—Puedo ver que no se sabe para dónde irás, —dice, retomando el hilo de la conversación que dejamos.

—Oh, Dios, —murmuro. Ella me retó todo el fin de semana por la pelea en la escuela y parece que no ha terminado.

Mi mamá no sabe que estoy en una clase que enseña nuestra némesis, Carlotta James. Lo que significa que tampoco sabe que fue la profesora responsable de que me suspendieran. Si lo supiera, estaría más molesta y no me gusta hacer enojar a mi mamá. Ella pasó por cuatro años de depresión después de que se fuera mi papá, aunque él no era su pareja destinada, y ella apenas termina de recuperarse.

—Tienes la capacidad de ser un alfa, pero no podrás tener la oportunidad de liderar si no mejoras, Asher. No puedes ir por ahí rompiendo muñecas y golpeando narices en la escuela y esperar que todos piensen que tienes lo que se necesita para ser alfa. Toma más que músculos grandes y un rugido grave ganarse el respeto. De hecho, tu tamaño podría jugarte en contra en esta ciudad. La gente le teme a un gran lobo que lleva amargura en su corazón.

¿Amargura en su corazón? Me parece extraño que diga eso.

—Por el destino, mamá, —murmuro—. ¿No es un poco temprano para que me estés retando acerca del estado de mi corazón?

—Sí, necesitas otro croissant para eso, —dice la Sra. A. de forma indulgente.

Tomo sus palabras como permiso para robarme otra. Ella me sirve un gran vaso de leche para bajarla.

—Lo que realmente necesitas es más proteína. ¿Esto es todo lo que comiste hoy? —Pregunta la Sra. A.

—Estoy bien, —murmuro, terminándome el vaso de leche—. Hoy no tengo hambre.

—No podías dormir y ahora no tienes hambre. —Mi mamá deja de hacer lo que estaba haciendo y se lleva las manos a la cadera—. ¿Qué tengo que saber acerca de la pelea de la semana pasada?

—Nada. Mierda. —Tomo otro croissant y me lo meto en la boca para evitar seguir hablando. Me salva el sonido de un camión de entregas que estaciona en el callejón.

—Ahí está tu entrega de lunes. —Abro la puerta trasera y salgo a ayudar.

No es que mi mamá y la Sra. A. sean débiles. Son transformistas, así que son mucho más fuertes que las humanas de sus edades respectivas, pero ayudarlas con cosas pesadas es caballeroso con las lobas de tu vida.

Y estas dos lobas son las únicas personas que siempre me han apoyado.

* * *

Lotta

Me tiro agua fría en la cara antes de la última clase. Apenas funciono hoy. Anoche no dormí. Me muero de hambre pero no pude desayunar ni almorzar porque estoy muy mareada.

Me tiemblan los dedos. Estoy acalorada.

Tengo esa sensación incómoda de que me transformaré de forma espontánea otra vez como lo hice la noche de la luna llena.

Y ahora me aterra que el aroma o el ver a Asher en la próxima clase cause algo aún peor. Algún tipo de espectáculo público vergonzoso que me haga perder el trabajo o que nos traiga vergüenza eterna a mi familia y a mí.

Toco la tela de mi camiseta en la parte de mi esternón y la alejo y acerco para abanicarme y refrescarme del sudor entre mis senos.

La respiración profunda que tomo mientras intento aclarar mi cabeza sólo me marea. Y la peor parte de todo es el latido frenético entre mis piernas. La humedad que hay allí mientras pienso una y otra vez en cómo fue ser tomada por el hombre que es mi pareja. El hombre que apenas es hombre.

El que me dejó necesitada y nerviosa anoche. Y esa necesidad ahora ya infectado todo hasta ser puramente una enfermedad.

Tomo otra servilleta de papel y me toco el rostro, mirando mis ojos brillantes y mis mejillas acaloradas en el espejo.

Esa inquietud en la boca de mi estómago que se retuerce cuando pienso en ver a Asher. Él hizo esto a propósito. Pensé que era una tortura que los lobos encontraran a su pareja y no la reclamaran, pero de algún modo él pudo cambiar la situación para perjudicarme a mí.

Ahora se está regodeando por lo que me hizo anoche. Mordiendo y succionando mi muslo interno, poniendo su boca caliente directamente sobre mi centro.

Me sostengo del lavamanos mientras un orgasmo me recorre. Pero es completamente insatisfactorio. De ese tipo que sólo aumenta mi necesidad y calor.

Sólo tienes que sobrevivir el sexto período. Luego podrás transformarte y correr.

Me empujo desde el lavamanos y camino con piernas temblorosas hacia la puerta. Mi columna se endereza mientras paso por el baño del personal y voy hacia mi salón.

Suena el timbre, pero Asher y su grupo no dejan de molestar cerca del fondo de mi salón.

—*A sus asientos,* —gruño con más fuerza de lo que requiere la situación. La clase se queda en silencio; todos me miran con curiosidad mientras los que no se habían sentado ahora se deslizan a sus lugares.

—¿Quién te meó los Cheerios? —Le murmura Asher a sus amigos. Ellos se ríen como respuesta.

Me muerdo la mejilla tan fuerte que sangra. Los hago a todos sufrir en silencio mientras tomo lista. Incluso después de terminar, les dedico una mirada fija por unos largos momentos antes de decir,

—Trabajen en sus autorretratos.

Desaparezco hacia un rincón del estudio en donde armé

dos lienzos gigantes para dividir mi privacidad cuando pinto. No suelo venir aquí durante la clase; no es profesional dejar una clase sin supervisión, pero necesito un momento. Me quito las sandalias con taco. Estoy demasiado inestable como para poder caminar entre ellos.

Componte, Lotta. No muestres debilidad. No dejes que Asher piense que ha ganado.

Después de respirar profundo varias veces, tomo el frasco sucio de la pintura de ayer y los pinceles y los llevo de regreso al fregadero del salón.

El volumen en la clase ha crecido sin parar. De algún modo todos se dieron cuenta de que hoy no daré clase, y es claro que han decidido no trabajar. O más bien, fingen que trabajan mientras hablan.

Una ola de calor me recorre mientras paso los pinceles por el diluyente. De inmediato entiendo por qué. La forma imponente de mi peor estudiante ha aparecido a mi lado. Asher finge mirar la pila de revistas que tengo expuestas para el trabajo multimedia.

—Hueles raro. —Su voz es baja, apenas audible para mí, lo que significa que nadie más en el salón debería poder escucharlo, con o sin audición de transformista.

—*Tú* me hiciste esto, —le susurro-gruño. No lo miro. Si alguien mirara, vería nuestras espaldas mirando en direcciones opuestas. Dos personas cerca, pero no interactuando.

Él se acerca un poco más, y busca algo en los gabinetes encima de mi cabeza. Su aroma a cedro y jabón me ataca. La tensión que pasa por mi cuerpo es demasiado. Mis dedos forman un puño alrededor del frasco y accidentalmente lo rompo con mi fuerza sobrehumana.

Me quedo sin aliento cuando se rompe el frasco y se clava en la piel de mi pulgar. La mitad de los pedazos se caen en el fregadero y la otra caen sobre mis pies descalzos.

—¿Qué carajos?

Antes de poder moverme, Asher me toma por la cintura, y pone mi trasero sobre la mesada que está junto al fregadero.

—¿Por qué estás descalza? —Él suena enojado, como si lo estuviera ofendiendo a nivel personal al mostrar mis dedos de los pies. Pero quién sabe qué pasa por su cabeza ahora. Es probable que odie lo protector que es su lobo cuando me lastimo.

—Alguien limpie el vidrio del piso, —ordena Asher y cuatro estudiantes se apresuran en obedecer.

Me muevo para bajarme; mi rostro está sonrojado.

—No levantas a una profesora sin importar cuán caballeroso creas que estás sien... Oh. —Respiro profundo—. ¿Qué crees que estás haciendo?

Asher rompe su camiseta y la pone debajo de mi mano, usándola como trapo para absorber mi sangre. No hay nada malo con ese instinto *per se*, excepto que deja su torso al descubierto para mí.

Y su pecho es magnífico. Los pectorales fuertes y esculpidos apenas están tapados por rizos dorados. Sus tetillas chatas están duras. Su aroma ahora está en todas partes, cubre mi rostro. No puedo respirar aire que no huela a él.

Él se inclina para mirar mi mano más de cerca y saca una astilla de vidrio de mi piel sangrante.

La habitación se inclina y gira. El aire se pone pesado.

Él me está tocando. Esto es lo que necesitaba. Lo que he estado necesitando desde que salió por mi puerta anoche.

Él saca otro pedazo de vidrio de mi mano y luego mueve mi muñeca hacia el fregadero.

No puedo pensar. No puedo funcionar con él estando tan cerca. Se siente como si mi cuerpo fuera a erupcionar justo aquí en la habitación.

—Suficiente, —digo de mala manera mientras me bajo de la mesada y me apoyo en el suelo, sin importarme una mierda el vidrio debajo de mis pies—. Clase, iré a encargarme de este corte. Sigan trabajando *en voz baja*. —Salgo directo del salón, descalza, chorreando sangre a mi paso. No miro hacia atrás para ver si la clase seguirá mis instrucciones. Definitivamente no miro hacia atrás para ver la reacción de Asher.

No creo poder soportar ver el enojo en su hermoso rostro.

Abro y trabo la puerta del baño del personal. Me late fuerte el corazón con un ritmo irregular. Mi cabeza da vueltas. No puedo pensar.

Camino en un círculo rápido y cerrado. El aire se siente muy pesado como para respirar. Me detengo frente al lavamanos y abro el agua. La sangre cae en él mientras me lavo el resto de los vidrios del pulgar. Mi pecho se levanta mientras intento recobrar el control.

Pero eso es imposible.

No debo haber cerrado la puerta de traba automática cuando entré porque Asher de algún modo aparece en el baño conmigo.

Lo miro fijo cuando cierra la puerta con un clic y se acerca con un paso largo.

Me arranca la camisa y la tira al suelo.

Capítulo diez

Lotta

Quiero decirle que se vaya. Él no debería haberme seguido hasta aquí. *¡Estamos en la escuela!* No pueden verme con un estudiante.

Pero ninguna de esas palabras sale de mis labios. Mis manos vuelan a sus pantalones cortos y mis dedos luchan con el botón.

Su boca está en mi seno; sus labios están centrados alrededor del pezón. Ni siquiera sé cómo llegó allí tan rápido.

Él pone mi cuerpo contra la pared; una mano toma mi trasero para levantarme. Pongo un pie sobre el lavamanos doble y separo las piernas para él.

Libero su erección de sus pantalones cortos y de su bóxer y la uso como una manija para arrastrar su cadera hacia la mía.

—¿Necesitas que te lo haga? —murmura Asher de forma seria, y sus labios se resbalan entre jadeos. Parece tan frenético como yo, tan desesperado por obtener alivio.

Él me levanta la falda hasta la cintura y mete la mano debajo de mis bragas, frotando un dedo entre mis piernas.

Me quito las bragas y alejo su mano. No son sus dedos lo que necesito ahora mismo. Ciertamente no necesito juego previo.

Ya pasé dieciséis horas de juego previo. Estoy con el equivalente femenino de los testículos azules, como sea que eso se llame. Se siente como si alguien me hubiera golpeado en la vagina. Mi clítoris está tan agrandado que duele.

—¿Necesitas esta verga? —Él apenas susurra las palabras en mi oído.

—Sí, —gruño y muestro los dientes. Cierro los ojos e inclino la cabeza hacia atrás contra la pared para no tener que mirar el orgullo en el rostro apuesto de Asher tan cerca del mío.

No quiero esto. Lo necesito, pero no lo quiero.

Él me atraviesa con su largo y hace que mi cadera suba por la pared para tomarlo profundo. Su exhalación choca contra mi oído con una explosión caliente.

Contengo un llanto de satisfacción.

—Oh, destino —susurro.

Él vuelve a empujar hacia adentro.

Mis ojos se ponen en blanco.

—Ah, destino, ah, destino, ah, destino.

Esto es todo lo que necesitaba. No, es más que eso; es glorioso.

Envuelvo mi pierna libre alrededor de su cintura para que él pueda hacerme rebotar sobre su erección, mi pelvis en su dirección.

—Sí, —murmuro.

El pulgar de Asher encuentra mi labio inferior y él lo sigue y luego también me penetra allí. Succiono su dedo con fuerza, raspo la piel con mis dedos.

Mi centro se contrae alrededor de su verga con cada empujón.

La sensación de Asher moviéndose contra mí es mejor que la de cuando descubrí que había sido aceptada en la escuela de arte. Es mejor que irse de Wolf Ridge. Es mejor que ganar el primer puesto en la muestra de arte de nuestra universidad.

Tiene la sensación y la significación de un propósito vital. Como si todo lo que pudiera necesitar fuera *esto*. Como si pudiera morir en este momento y estar completa.

Pero eso es sólo biología, me recuerdo a mí misma. No es real. Esta no es la verdadera yo.

Esta sensación se desvanecerá cuando termine y me dé cuenta de que nunca más tiene puede repetirse esto.

Mentira, gruñe mi loba.

Las lágrimas invaden mis ojos. Le clavo las uñas a los hombros musculosos de Asher y uso el pie sobre el lavamanos para levantar la cadera y encontrar la suya.

Asher contiene su gruñido. Ambos tenemos un frenesí acallado de jadeos y sollozos silenciosos. Si alguien pasara, sólo escucharía que el agua corre por el lavamanos.

Las lágrimas caen por mi rostro. No estoy segura de por qué vienen; quizá por frustración sexual. La decepción y el enojo conmigo misma por perder el control de este modo. Por ser tan necesitada. Por dejar que uno de mis estudiantes, ¡un estudiante!, me lo haga con odio contra la pared del baño durante la clase.

Muerdo tan fuerte el pulgar de Asher que rompo la piel. Él lo saca de mi boca. Abro los ojos para ver los suyos cambiar de verde brillante de lobo de nuevo a pardos.

—Basta. —Sacudo sus hombros. Las lágrimas caen rápido ahora—. Necesito venirme. —Miro cómo el pánico aparece rápido en el rostro de Asher. Entonces me doy cuenta de que no estamos usando protección.

Destino, ¿qué me sucede? ¡Realmente perdí la cabeza!

Él transforma de a poco la lujuria en su expresión; su mandíbula se pone dura como el acero y sus ojos se estrechan. Él se mete en mí y deja de moverse. Empiezo a protestar, pero desliza la yema de su pulgar hacia mi clítoris y me voy por el abismo con un grito agudo. Lo acallo mordiéndole el hombro a Asher mientras me vengo y me vengo y me vengo.

Él sigue duro, ja, y no se mueve; me deja frotarme y frotarme contra su tronco hasta que me libero de lo último de mi orgasmo.

Ni bien termina, él me levanta de su verga y me deja parada; luego toca su miembro con su puño y apunta al lavamanos.

Los músculos marcados de su espalda se tensan y se agrupan y luego se viene; los lazos de su esencia se van por el drenaje debajo del vapor del agua que corre.

Mi mente se aclara. Asher es tan inteligente. Jadeo en lo que es apenas más que un susurro,

—Lávate mi aroma de tu verga.

Abro la canilla del lavamanos más cercano a mí y me limpio las manos. Todavía no puedo evitar que sigan cayendo lágrimas silenciosas por lo indefensa que me siento. La sensación de que mi cuerpo me traicionó.

Asher voltea y sus cejas se bajan de pronto. Él me toca. No sé qué busca, si limpiarme las lágrimas o tocar mi mejilla o alguna mierda de ese estilo, pero no lo soportaré.

Le pego a su mano para alejarla y volteo para levantar mis bragas del suelo.

No llego. Asher me levanta con un brazo alrededor de mi cintura y luego me tira contra la pared del baño.

Dos de sus dedos gruesos se hunden entre mis piernas.

Me quedo si aliento ante la sensación deliciosa; mi necesidad saciada vuelve a encender su llama.

Asher cierra los dedos de su otra mano alrededor de mi garganta. Su boca choca contra la mía. Volteo la cabeza, pero él persigue mi boca y me abre los labios con la lengua. Me ataca con ella; se mete profundo en mi boca y me penetra de forma simultánea en ambos lugares.

Él está enojado, pero no estoy segura de por qué.

No importa. Ya estoy arrebatada por la pasión. Su aroma a cedro y jabón me embriaga mientras sus dedos hacen magia. No me está ahogando, sólo me sostiene en el lugar. Me domina. Me recuerda lo indefensa que soy contra él. Si él quisiera hacérmelo en este baño por cuarenta y ocho horas seguidas, me entregaría y no podría negarme al placer potente que es capaz de hacerme sentir.

Pongo una mano sobre mi propia boca para acallar el gripo de victoria que sale de mis labios mientras llego a una segunda cumbre. Mis músculos internos se tensan alrededor de sus dedos. Llevo los míos allí para presionarlos más profundo y frotar mi clítoris.

—Vuelve a la clase, Asher, —digo con la garganta tapada. Mis lágrimas han cesado. Supongo que con el tiempo el placer sobrepasa la agonía.

Sigo frotándome contra sus nudillos mientras le doy la orden.

Asher se toma su tiempo en salir de mí y sus labios forman una sonrisa cruel. Es aún más cruel con los dos hoyuelos que lo hacen digno de Hollywood. Es como si mi mente no pudiera procesar que alguien tan apuesto pudiera ser tan pendejo.

—Muy bien, Srita. James. Pero espero una A en ese trabajo práctico que faltaba. —Él es pura arrogancia cuando se acerca al lavamanos para quitarse mi aroma de los dedos. Me mira por encima del hombro—. Y en todos los trabajos prácticos que sigan.

* * *

Asher

—¡Demasiada fuerza! —Grita el entrenador Jamison mientras corro por el campo y tiro a jugador tras jugador tan fuerte que los envío volando.

Corre por el campo y me toma por el casco para que le preste atención. Voy más lento hasta detenerme; él me hace voltear a verlo y sacude mi casco.

—Guarda tu lobo, Asher. ¿Qué te ocurre? No puedes hacer eso en mi campo. Estás *en la escuela* ahora mismo.

—Perdón, entrenador.

—¿Qué está pasando?

Niego con la cabeza.

—No me vengas con esa mierda. Te suspendieron por pelear la semana pasada. Ahora volviste, pero parece que estás buscando pelear con alguien más. ¿Tengo razón?

Niego con la cabeza.

—No, entrenador. No es así.

—¿Entonces cómo es? —Me mira fijo.

Mi pecho se siente pesado con su decepción. El entrenador Jamison es lo más cercano que tengo ahora a un papá, así que cuando se mete en mis asuntos, le presto atención.

—Lo siento. No me di cuenta de lo fuerte que estaba chocando.

No es verdad, pero tampoco es una mentira total. No estaba prestando atención porque no me interesaba. No importa. Nadie en este campo es humano. Si lastimo a alguno, sanarán para mañana por la mañana.

Lastimar. Mierda.

El recuerdo de la sangre de Lotta cayendo por el lavamanos aparece frente a mis ojos y mi lobo gruñe debajo de la superficie. Quiero aplastar a algunos compañeros de equipo más.

Por supuesto, ella está bien. El corte ya se había cerrado para cuando la alcancé en el baño.

Pero sigo muy traumatizado por sus lágrimas.

Sé que quería lo que le di. Estoy realmente seguro de que fue consensual. Ella sólo no *quería* quererlo. Pero ver a la chica de tus sueños llorar mientras se lo haces con fuerza contra la pared es más que inquietante. Me perturbó hasta lo más profundo.

—*Eso.* —El entrenador Jamison pone una mano contra mi casco—. ¿En qué estás pensando, Asher?

—En nada, entrenador.

—¿Entonces ahora nos mentimos? ¿Así funciona esto? —Él me intimida con su mirada penetrante. No es su dominancia de manada lo que me afecta. Es el hecho de que le importe.

Él es una de las pocas personas en esta ciudad a quien le importa una mierda lo que me suceda. De las que no me piensan como un malhechor como mi papá.

Mierda.

—Es una chica, —admito. Es evidente que no diré qué chica.

Él espera sin ninguna reacción. Parece que esa no fue una explicación suficiente.

—Estuvimos en la corrida de la luna llena.

—Sin protección. —La decepción en su tono es clara. Juraría que el entrenador Jamison se toma su trabajo no oficial de educador sexual del equipo más en serio que ser nuestro entrenador de fútbol.

—Me salí.

El entrenador niega con la cabeza.

—No es efectivo. ¿Cuántas veces les he dicho eso, chicos?

—Cada luna llena durante los últimos cuatro años, — murmuro. Debería avergonzarme el reto del entrenador, pero en vez de eso siento algo de felicidad cálida filtrarse por mi estrés postraumático esta tarde.

¿Pero por qué?

Miro a mi alrededor para ver si Lotta está cerca.

No la veo. Sólo está el equipo aquí afuera. Entonces me doy cuenta...

Es el miedo del entrenador de que la embarazara. Mi lobo está respondiendo a la idea con una satisfacción profunda. Como si embarazar a la profesora de arte de mi secundaria fuera una buena idea. Como si ella fuera a querer tener una familia conmigo.

Tenerla.

Escucho el susurro ilógico en mi cabeza.

Pero no puedo quedarme con esta chica. Ni siquiera quiero quedarme con ella. Odio a Lotta James por lo que hizo.

Puede que la desee sexualmente, pero eso es todo. Nunca superaré lo que hizo. No la perdonaré por eso, aunque tampoco ha pedido mi perdón.

Además, ella no puede estar con un estudiante. La despedirían si alguien se enterara.

—La pastilla del día después todavía podría ser una opción. El Dr. Oakley entiende lo de salirse el día de la luna llena. ¿No llena la cabaña de condones para ustedes, chicos?

Es verdad; el papá de Abe ha dejado en claro desde que empezamos la secundaria que su cabaña está disponible para cualquiera de nosotros. Es otro evangelista del sexo seguro en Wolf Ridge.

—Sí. No llegué a la cabaña.

El entrenador Jamison me observa.

—¿Te gusta esta chica?

Niego con la cabeza.

—No.

Él levanta las cejas.

—¿Quieres hablar de eso?

Miro para otro lado y busco a mis compañeros en el campo.

—No.

—Asher, tú eres más que esto. No tienes que meterte en el pozo en el que te quiere esta ciudad. Te lo he estado diciendo, una beca de fútbol para ASU todavía es posible. Quizás hasta UCLA. Su reclutador te estuvo mirando. Pero no si te suspenden. Y no si embarazas a una loba.

—Lo sé, entrenador. Lo siento.

—Eso es lindo, pero no necesito tus disculpas, Asher. Tienes que pensar con quién realmente debes disculparte.

Niego con la cabeza mientras se aleja, sin querer analizar el rompecabezas que acaba de plantearme. Pero como todos los problemas mentales que le ofrece al equipo, seguramente lo analizaré un par de semanas.

Bueno, estoy bastante seguro de que no me disculparé con Lotta si eso quiso decir.

Lo máximo que esa mujer obtendrá de mí será sexo duro y una nalgada en el trasero.

Capítulo once

Lotta

L Me siento en la camilla del Dr. Oakley y miro mi Instagram. No he publicado una nueva pintura en un mes, pero mi canal está lleno de pinturas de lobos. Si la manada supiera que subo esto para que el mundo las vea, el Alfa Green y los otros ancianos enloquecerían. Nuestra especie tiene cuidado de esconder nuestro secreto. Es entendible.

El gobierno estadounidense sabe que existimos, igual que saben de los alienígenas que existen y han visitado la Tierra. Algunos dicen que tienen registros de nuestras manadas y de sus miembros en los Estados Unidos. No sé si eso será verdad. Sí sé que han desaparecido transformistas y se les han hecho pruebas dolorosas con experimentos financiados por el gobierno. También escuché que hay equipos de operativos especiales en el ejército estadounidense que están totalmente compuestos por transformistas. Como los marines 2.0.

Pero sin importar eso, una de las reglas primordiales de la manada es esconder nuestra existencia de los humanos.

Así que el publicar lienzo tras lienzo de lobos de gran tamaño sería algo que no les gustaría. Sobre todo las que muestran una superposición con un humano y un lobo. El significado podría ser algo evidente, incluso para un humano.

Mi profesora de arte preferida, Ann Sweetling, pensaba que estaba mostrando el espíritu interno de lobo de una persona o un animal que era guía espiritual. Así pensé mostrarlo en mi página de Instagram y vendí algunas de las pinturas. Supongo que muchas de esas personas locas que andan por ahí podrían pensar que tienen un espíritu animal de lobo.

Si sólo supieran lo que es realmente ser controlado por tu lobo.

Sólo pensar en mi otro lado me hace empezar a sudar.

Un leve llamado a la puerta y el Dr. Oakley y su asistente, Melinda, entran.

—Carlotta, —dice cálidamente el Dr. Oakley—. Me enteré de que habías vuelto. Es bueno verte. —Él mira rápido mi cuerpo antes de verme a los ojos—. Te ves... ¿te sientes bien?

Miro rápido a Melinda. Su hija es mi amiga; nos graduamos de Wolf Ridge el mismo año. El problema con las pequeñas ciudades es que tus asuntos se vuelven los de todos en unas cuatro horas.

—Melinda está aquí para que te sientas cómoda con cualquier examen que haga, y por ley, todo lo que hablemos en esta habitación es confidencial. Eres adulta, lo que significa que no les diremos nada a tus padres ni a ninguna otra persona sin tu consentimiento.

Asiento y respiro.

—Para ser honesta, la luna llena me pateó el trasero. No me había transformado desde que me fui a la universidad, y esto se siente como una segunda pubertad o transición.

—Revisa su presión, —le instruye a Melinda, quien se pone a trabajar.

—¿Reprimiste a tu lobo todo el tiempo que estuviste lejos? —Para darle crédito, esconde su sorpresa bastante rápido.

—Sí.

—¿Eso te causó síntomas adversos?

—Pérdida de apetito y de energía. Algo de pérdida de cabello. Una leve depresión. Pero después de unos nueve meses, me acostumbré.

—Nueve meses es un largo tiempo para sentirse mal. Eso debe haber sido difícil para ti.

Ha pasado tanto tiempo, pero su empatía me recuerda esa soledad intensa que sentí. El dolor por el abandono de mis padres se volvió incluso más difícil con el dolor de mi lobo.

Melinda me dice mi presión, pero los números no significan nada para mí. Los transformistas no necesitan doctores más allá de para los anticonceptivos o traumas importantes. La última vez que vi al Dr. Oakley fue cuando era estudiante de primer año en la secundaria para que me dieran anticonceptivos para las corridas de la luna llena.

La misma razón por la que regresé ahora.

—Tuve que hacerlo. Quería estudiar arte y la mejor escuela estaba en Chicago. Fue la única forma de lidiar con vivir entre humanos.

El Dr. Oakley levanta una ceja como para decir que no está de acuerdo con mi lógica, pero no discute. Supongo que también vivió entre humanos por años para obtener su título de médico.

Lleva su estetoscopio a mi pecho y escucha.

—¿Entonces te transformaste por primera vez de nuevo... cuándo? ¿Con la luna llena?

—Sí, señor.

Él mueve una mano.

—No necesitas llamarme *señor*. Cuando estás en este consultorio, no hay jerarquías de manada o tradiciones.

Bajo la cabeza de todos modos. Puede que sea una adulta, pero me han inculcado marcadamente el respeto a los mayores.

—Gracias.

—¿Y ahora estás sintiendo calores? ¿Mucha hambre? ¿Bajos niveles de azúcar?

—Sí. —Trago saliva y asiento. Omito la parte de Asher. Acerca de mi desesperación por sentirlo dentro de mí, haciéndomelo con fuerza. Mi necesidad intensa de trepar ese cuerpo musculoso suyo. De que me domine con su charla sucia y sus tratos rudos.

—Bueno, espero que sea igual que al comienzo de tu transformación. No creo que dure tanto como la pubertad. Creo que como ya pasaste por eso, y sabes cómo transformarte entre tus formas y cuánta comida y ejercicio necesita tu loba, deberías ajustarte en un par de meses.

—¿Meses?

Él se encoje de hombros.

—Dos o tres serían mi suposición, pero sólo es un estimado. Eres delgada, Carlotta. Te diría que trates de ingerir mucha proteína y grasas para ayudar a estabilizar el retorno de las hormonas.

—Bueno.

—¿Algo más?

—Necesito volver a tomar anticonceptivos.

—Bueno. —Él mira mi ficha—. Parece que dejamos de enviarte tu fórmula hace unos seis meses. —El Dr. Oakley trabaja con una farmacia para lograr fórmulas especiales que funcionan con las hormonas de los transformistas.

La única razón por la que dejé de tomarlas fue para evitar tener sexo injustificado con mi compañero de piso egocéntrico, Andy. Él era apuesto y estaba disponible, pero era completamente engreído y no había nada en su cerebro. Sabía que lo de ser compañeros de piso con beneficios era una mala idea, pero lo permití.

Evidentemente, estaba usándolo. Cuando empecé a sentir que él también me usaba, me di cuenta de que la relación no era sana para ninguno de los dos y dejé de tener sexo. Para no tentarme a volver a hacerlo, dejé de tomar la pastilla.

—¿Necesitas una dosis post luna llena?

Esto es cosa de todos los días para el Dr. Oakley, supongo. Pero no sé ni siquiera si cobra por esto. Su principal contribución a la manada es evitar que las lobas adolescentes se embaracen durante las corridas de luna llena.

Es lo suficientemente difícil mantener a tu lobo bajo control, pero cuando eres una nueva transformista y hay luna llena, la naturaleza se apodera.

La inyección pasada la luna llena es como la pastilla del día después para las humanas.

—Sí, por favor.

El Dr. Oakley le asiente a Melinda, quien ya está sacando una jeringa y un hisopo con alcohol. Ella abre el paquete y lo pasa por mi hombro.

—Esto podría ayudar a estabilizar tus hormonas, —dice el Dr. Oakley—. O bien podría empeorarlas momentáneamente. —Toma la jeringa de Melinda y me la clava—. Es difícil saberlo. —Saca la jeringa y la descarta.

Estoy acalorada y sudando. Me siento incómoda como si necesitara transformarme y correr.

—Te sugiero que descanses bastante y aumentes tu ingesta calórica.

—Entendido. —Me bajo de la mesa, ansiosa por salir de aquí.

—Y Carlotta, —voltea hacia la puerta para sonreírme— bienvenida a casa.

Mi estómago se tensa hasta ser un nudo mientras finjo una sonrisa.

—Gracias, pero no planeo quedarme.

Sus cejas se levantan de golpe.

—¿No?

—Wolf Ridge ya no es mi hogar.

* * *

Asher

Hay al menos diez cosas que debería estar haciendo esta noche que no involucran perseguir a Lotta. Tengo una tonelada de tarea que compensar de los días que me suspendieron. Mi mamá me pidió que reemplazara el protector de pantalla roto de su teléfono. Seb se ofreció a ayudarme con la prueba de matemáticas que tengo que volver a hacer.

Pero en vez de eso, me acerco escondido al porche de Lotta, muriendo por sentir su aroma a jazmín y miel.

Ya se lo hice hoy. No debería necesitar más.

Ella no debería necesitar más.

¿Pero si es así? Murmura mi lobo en mi cabeza.

Ella se sentía torturada cuando entré a su clase hoy. Yo le hice eso. Al negarnos a ambos la noche de ayer, le causé un daño evidente. Hasta dolor.

Saber eso es una tortura en sí mismo. Me hace sentir

incómodo. Intranquilo. No debería llamarlo culpa. Más bien es una versión fisiológica de la culpa. Mi cuerpo se arrepiente y se lamenta por cualquier cualquier dolor que le causé a su hermoso cuerpo.

Y esa debe ser la razón por la que estoy mirando a través de sus ventanas oscuras e intentando abrir su puerta cerrada ahora mismo.

Las luces están apagadas en su casa. No es tarde, pero quizás estaba exhausta por cualquier prueba física que haya tenido hoy. Más intranquilidad me ataca.

Toco la puerta ligeramente. No escucho a nadie adentro. Entonces veo una de sus ojotas en el arbusto.

Mi lobo ruge hacia la superficie. Casi me transformo con la idea de que está en peligro. Pero eso es estúpido. No hay razón para asumir eso. Mierda. No puedo evitar sentir una ola de energía que pasa por mi cuerpo. La necesidad de encontrarla.

Tomo el zapato y miro mis alrededores. El otro zapato está más cerca del arroyo. Y entonces, ¡oh mierda! Sus pantalones cortos están enganchados en un pequeño palo verde. Allí está su camisa.

Me quito la ropa en el lugar y me transformo, siguiendo su aroma por el sendero que sube la montaña. Corro por la ladera. Mi pareja se transformó apurada. Como si algo la hubiera estado persiguiendo. Como si algo estuviera mal. Pero no huelo ningún otro olor fresco cerca del suyo.

Entonces algo andaba mal con su loba.

Por eso estaba tan mal hoy.

Quizá no tuvo nada que ver conmigo. *No; sí* se trató sobre mí. Yo lo solucioné por ella. Su cuerpo ansiaba el mío al igual que mi cuerpo ansía el suyo. Ella necesitaba que se lo hiciera con fuerza para enderezarla.

Sigo cazando y subo sin parar por la elevación. Ella

debe haber tenido una buena ventaja porque me lleva un buen rato encontrarla y estoy corriendo rápido. Mi lobo es mucho más poderoso que el suyo.

Finalmente la veo bajo la luna menguante. La loba blanca y esbelta se inclina contra una piedra y jadea como si estuviera exhausta.

Mía, gruñe mi lobo.

Me permito tenerla. Otra vez.

Me transformo y camino hacia ella. Tengo la verga más dura que una piedra y señala en dirección a su deseo.

—Transfórmate, —le ordeno.

Ella está indefensa contra mí. Se transforma de inmediato, se eleva en dos piernas temblorosas, ojos verdes que cambian de nuevo a azul aciano. Sus largas ondas oscuras caen encima de un hombro y se deslizan contra su seno atrevido.

La levanto por la cintura. Un grito sale de sus labios, pero no es una protesta. Suena más necesitado que eso. Subo un par de pasos hasta la cima de una piedra, donde la recuesto con gentileza sobre una superficie plana. Su piel brilla bajo la luz de la luna y le da un aire etéreo. Como si fuera la mismísima diosa de la luna que bajó a la tierra para experimentar el placer carnal.

Me arrodillo y pongo las manos detrás de sus rodillas para empujarlas hacia arriba en una superficie plana. Su barriga tiembla mientras bajo la cabeza.

Le sostengo la mirada por un momento, una pregunta silenciosa de consentimiento.

—*Sí*. —Su respuesta es impaciente. Entiende la pregunta.

Mis pulgares se tensan alrededor de sus piernas como un reflejo. Me verga late. No podré dejar de hacérselo. Pero puedo intentar retrasarlo. Intento mantenerme controlado.

Separo sus pliegues con la lengua y me meto entre esas dulces mitades de duraznos. Ella sabe a luz de sol. A miel. Quizá pueda contenerme después de todo. Ahora mismo, estoy bastante seguro de que podría pasar las próximas cinco horas comiéndola.

Ella gime. Sus rodillas presionan hacia adentro, poderosas; sus muslos internos fuertes luchan contra mi agarre. Sus caderas se mueven para encontrar las mías. El sonido que hace cuando sigo la forma de sus labios es un *Ahhhh* gutural.

Te amo.

Esa es la idea que aparece en mi mente, que es una completa mentira.

No la amo. La odio.

Pero mi lobo está cantándole esta serenata en mi mente. *Hermosa, hermosa mujer. Te adoro. Siempre te he adorado. Eres la luz de la luna. Eres la canción del viento. Eres el nudo en mi garganta.*

Trabajo en su clítoris con el nivel de reverencia que mi lobo siente por esta mujer. La halago con la punta de mi lengua. La lavo. La acaricio y calmo y busco dejarla estúpida con la habilidad de la devoción de mi boca.

Sus piernas tiemblan y se sacuden alrededor de mis hombros. Sus dedos pasan por mi cabello y tiran. Los sonidos de *ahhh* caen de sus labios en una articulación continua de alegría.

—Eso es, corazón. —Levanto la cabeza y muevo las manos para deslizar dos dedos dentro de ella. No quiero ser dulce con ella: las palabras caen de mi boca. Supongo que son una expresión verdadera del momento.

Empujo y meto dos dedos junto a su pared interna, buscando esa ubicación secreta. El conjunto de nervios que se juntan alrededor del punto G.

Lotta se arquea cuando lo encuentro; un grito sale disparado de su garganta. Los fluidos brotan alrededor de mis dedos con la eyaculación femenina más gloriosa que he tenido el honor de presenciar. Sus músculos laten alrededor de mis dedos con su orgasmo, un baile espasmódico de victoria.

Mantengo los dedos dentro de ella y bajo el rostro una vez más, añadiendo mi lengua a la mezcla. Ella se contrae alrededor de mis dedos, levanta las caderas de la roca; sus piernas pasan por mis hombros.

—Sabe celestial, —murmuro. Dejo que mis dedos salgan y ella suspira cuando lo hacen.

—Más, —jadea.

Por supuesto, quiere más. O sea, gracias al cielo porque yo definitivamente quiero más. Pero parece que no nos cansamos el uno del otro.

Quizá es el negarse a reclamar la mordida; no lo sé. Todo lo que sé es que explotaré pronto si no vuelvo a entrar en ella pronto.

Pero es duro aquí afuera. No quiero hacérselo contra las rocas.

—Ven aquí. —Tomo su mano y la ayudo a pararse. Una vez que está de pie, tomo su cintura y la bajo de la piedra, de nuevo a un suelo sólido—. Manos sobre la piedra. —La hago doblarse y llevo sus caderas hacia atrás, así sus manos caen sobre la roca—. Saca ese lindo trasero para afuera para mí. —Le pego con firmeza en el trasero.

Ella gime.

Le doy algunas nalgadas más. Recuerdo lo mucho que le gusta. Es una pena que no haya suficiente luz de luna como para ver cómo florecen las marcas de mis manos sobre esa piel suave que tiene.

Castigarla me emociona demasiado. El pre semen cae

de la punta de mi verga. Si no entro pronto en ella, temo que perderé el control y la marcaré aquí mismo.

Y definitivamente no tengo planes de marcar a esta mujer.

Tomo sus nalgas y las separo bien para llevar mi verga a su entrada. Ni siquiera necesita que la guíe para entrar. Un movimiento de mis caderas y ya he penetrado esos pliegues hinchados. Presiono más profundo y voy lento hasta llegar al final. Ella gime, contenta, pero me mantengo allí, torturándonos a ambos con mi moderación.

Ella empuja hacia atrás para llevarme más profundo. Está tan mojada. Mi verga se desliza por sus flujos en una perfección deliciosa.

Empiezo a crear un ritmo lento; empujones cortos contra su trasero. Todavía tengo sus nalgas bien separadas, así que tiene contacto con mis genitales contra su ano.

Sus gritos son frenéticos y de sorpresa, como si ya estuviera cerca de un segundo orgasmo de sólo estar dentro de ella.

A mí también me pasa. No sé cuánto duraré antes de tener que salir y venirme en todo su trasero.

Doy empujones más largos, lentos, creo tensión para ambos.

—Asher, —jadea Lotta—. Necesito...

Salgo y pongo un brazo debajo de su torso, apretando una teta con fuerza mientras le doy una serie de nalgadas fuertes en su trasero levantado.

—Sé lo que necesitas, —gruño. Le doy nalgadas incluso más fuertes y sostengo la parte de atrás de sus piernas, donde su trasero encuentra su muslo—. Sé lo que necesitas, maldición. Soy tu maldita pareja.

—Lo sé, lo sé, —jadea—. Por favor. Me encanta que

ahora esté rogando—. Dámelo. Por favor, Asher. Lo necesito.

Mi verga está tan dura que parece que explotará. Mi cordura se desvanece.

—Está bien, bebé. Manos en el suelo. Ahora dóblate del todo. —Llevo sus caderas hacia atrás y la hago alejarse un paso de la roca, así hay lugar para que sus manos bajen al suelo.

Sus piernas están temblando fuerte, pero se las separo más y la sostengo con firmeza para posicionarla como perrito hacia abajo. Cuando la penetro desde este ángulo, voy profundo.

Ella grita de placer.

—¡Sí!

—Lo sé. —Tomo sus caderas y le doy fuerte.

Ella dobla sus rodillas para soportar mis empujones, arqueando la espalda, moviéndose contra mí mientras yo me muevo contra ella.

—Mmm. Te sientes tan bien, —gruño. Choco mi cadera contra la suya; me encanta el sonido de mi piel chocando contra la suya. Me encanta ver a esta pequeña mujer arqueada para recibirme—. Simplemente *no puedo* con este trasero. —Deslizo los pulgares alrededor para volver a abrir sus nalgas.

Ella grita con la sensación.

—¡Asher! Oh, Destino. ¡Por favor! ¡Por favor!

Quiero acabar adentro suyo tanto, pero, por supuesto, no se puede. Cierro fuerte los ojos y controlo mi respiración por mis fosas nasales para contenerme. Un poco más. No quiero que termine.

De algún modo mi mente forma un plan para que ambos lleguemos juntos al orgasmo. Salgo de su interior y meto tres dedos dentro de su canal empapado, presionando su ano con mi pulgar. Ella llega fuerte al orgasmo alrededor de mis dedos a la vez que me toco la verga con la otra mano y cubro su precioso trasero de semen.

Ambos vocalizamos nuestra descarga; nuestras voces son una ofrenda al viento. A la luna plateada. A la montaña.

Logro sacarle otra descarga y luego otra a ambos, esperando hasta que muere la última, y luego cambiando la posición de mis dedos para desatar la próxima.

Cuando al fin parece que ambos hemos derramado hasta la última gota de éxtasis, deslizo mis dedos hacia afuera de mi hermosa pareja y la ayudo a pararse. Pero sus piernas no la sostienen. Ella me mira; sus párpados se mueven, y entonces cae contra mi pecho como un cuerpo inerte.

Capítulo doce

Lotta

El aroma de mi pareja.

Los árboles que rozan contra mi piel.

El movimiento de los empujones.

El sonido del agua en movimiento.

Sólo tengo momentos breves de consciencia hasta encontrarme envuelta en agua cálida.

Abro un poco los ojos y pestañeo, mirando a mi alrededor. Estoy en mi tina. Asher se agacha a mi lado y calma el calor de mi rostro con una toalla fría. Llena su camiseta gastada y vieja de Wolf Ridge de una forma indecente y deleitable.

Oh, Destino; la forma en la que me tomó esta noche. Pongo mis manos hacia arriba para ver si la piel está lastimada por empujar contra la roca.

Lo está. Todavía no he sanado. Algo anda mal conmigo.

Me hace ruido el estómago.

—¿Qué pasó? —Intento sentarme. Intento ocuparme de la situación. Realmente odio la falta de control que siento alrededor de Asher. Por culpa de Asher.

115

Pone dos dedos contra mi esternón. Con sólo dos de esos dedos, aplica la presión suficiente como para mantenerme firmemente en mi lugar.

—Todavía no te muevas. Te desmayaste. ¿Cuándo fue la última vez que comiste?

—Cené, —digo, pero recuerdo la porción pequeña de zanahorias y humus que comí y me doy cuenta de que Asher probablemente tenga razón. Toda la transformación y el sexo necesitan de muchas más calorías de las que estoy acostumbrada a consumir. Mi novel de azúcar en sangre se debe haber desplomado.

—¿Por qué estoy en la tina?

—No estaba seguro de si querías ir a la cama con mi semen cubriendo todo tu trasero. —Su voz es áspera, pero hay una línea entre sus cejas, y la ternura con la que sostiene la toalla desmiente su malhumor.

Asher se pone de pie.

—Iré a buscarte algo de comida. *No* salgas de la tina. —Él levanta las cejas de esa forma sensual que me hace derretirme más profundo en el agua.

¿Cuándo fue que este niño vecino se transformó en este gran hombre mandón? Se me ocurre que no conozco para nada a Asher. Recuerdo un niño a la defensiva que sufría en la escuela porque había un ambiente inestable en casa en relación a su padre. Tomé el trabajo de tutora voluntaria para mejorar mis oportunidades de ganarme una beca para la escuela de arte, y fue difícil al principio. Apenas me habló el primer semestre que trabajé con él.

Pero perseveré. Trabajé con él tres días a la semana. Para navidad, había mejorado en matemáticas, y el resto de sus notas eran más que una C. Pero el verdadero desafío fue desarrollar confianza entre nosotros.

Una confianza que rompí por completo.

Inclino mi cabeza contra el azulejo y cierro los ojos. El arrepentimiento y el dolor me invaden. Para alguien que solía ser la princesa de la manada, mi vida ahora es un desastre complicado.

Me llega el aroma a mantequilla y tostadas, y siento el alivio de mi cuerpo. Me alimentarán.

Tengo que admitir que después de cuatro años de estar completamente sola, lejos del apoyo de mis padres, se siente demasiado bien que alguien me cuide. Es especialmente peligroso cuando ese alguien es el tipo que acaba de hacérmelo con odio en la montaña. Y en el baño del colegio.

¡Agh! Todavía no puedo creer que hice eso. Es tan vergonzoso. Está tan mal.

Después de un par de minutos, Asher entra con un plato lleno de sándwiches tostados de queso.

—No hay comida en tu casa, —se queja. Apoya el plato a un lado de la tina.

Tomo uno de los sándwiches tostados de queso con mantequilla que huelen celestiales; mi estómago hace mucho ruido.

Asher apoya su cadera contra el lavamanos, sus brazos cruzados sobre su enorme pecho.

—¿Sabes que eres una loba, verdad?

Lo ignoro; apenas mastico la comida mientras la trago.

—¿Por qué no hay carne en tu nevera? ¿Intentas ser vegetariana o algo así?

No respondo. Quiero decirle que se vaya, pero no tengo la energía para hacerme valer todavía. Me termino el primer sándwich y mis manos dejan de temblar. Con el segundo, me siento más como yo misma.

Intento levantarme, pero Asher niega con la cabeza. Por alguna loca razón, mi cuerpo obedece su dominancia y me quedo quieta.

—Termina los otros dos; luego hablaremos sobre tu mudanza.

Le hago caso y tomo un tercer hermoso sándwich tostado.

—Lotta. —Hay un tono pesado en su voz que hace que mi mirada vaya a él por primera vez desde que recuperé la consciencia. Pero no dice nada sobre nosotros. Sobre esto que estamos haciendo que realmente tiene que parar. Acerca de cómo deberíamos comportarnos o qué deberíamos hacer. Sigue hablando de la comida—. ¿Por qué no estás comiendo?

Muevo mi mano con impaciencia y tiro sin querer el plato apoyado en la tina.

Los reflejos de Asher son rápidos como un rayo. Toma el plato y lo endereza antes de que el último sándwich salga volando.

—Guau. Impresionante.

—¿Qué sucede, Lotta? Habla o no saldrás de esa tina.

Pongo los ojos en blanco.

—No puedes tenerme prisionera en mi tina, Asher. Sabes que un grito y mis padres vendrían y.... —detengo mi amenaza porque ambos sabemos cómo saldría si hiciera eso. A Asher lo echarían de la manada igual que a su padre. Mi mamá se encargaría de eso antes de que amanezca. Y por supuesto, esa lógica me lleva de vuelta a nuestra historia complicada y a la razón por la que me odia ahora.

Él muerde un bocado del último sándwich.

—¿Y? —pregunta con la boca llena, su actitud totalmente engreída—. ¿Terminarás esa oración?

Mi rostro se acalora y luego se tensa de pronto, como si fuera a llorar otra vez. Pero esta vez no se trata de sentirse indefensa ante las necesidades de mi loba. Es por el poder y la potencia de la ira de Asher. Siento que me golpea de lleno en el pecho y me deja sin aliento. Una ola de odio que me hace querer hacerme en una bola.

—No. —Pongo algo de terquedad en mi voz y contengo las lágrimas.

—Dime acerca de la comida. No lo entiendo.

Me termino el tercer sándwich y Asher me acerca su mitad sin terminar, ofreciéndome lo que queda.

Niego con la cabeza, pero mis dedos lo buscan de todos modos; mi hambre sigue sin saciarse.

—No me he transformado en casi cinco años, —admito mientras mastico la comida.

Asher inclina la cabeza.

—¿*Qué*?

Me encojo de hombros.

—Vivía en el centro de Chicago. No había forma de poder esconderme allí.

—¿Entonces tú sólo... no lo hiciste? ¿Reprimiste a tu lobo?

Trago saliva y asiento.

—Sip. Así logré vivir entre humanos.

Los ojos de Asher se entrecierran.

—¿Por eso no volviste en los veranos y recesos?

—Sí. Hubiera sido demasiado difícil dejarla salir y después volver a reprimirla. Pasé por síntomas de abstinencia cuando recién llegué. Estuve enferma por nueve meses. Perdí el apetito y quedé muy flaca. —Me termino el último bocado sándwich. Asher apoya el plato en el lavamanos y me acaricia. Antes de saber qué está pasando, me levanta de las axilas para sacarme de la tina y me apoya en la alfombra de baño.

—Todavía sigues estando muy flaca, Lotta. —Envuelve mi espalda con una toalla, pero la abre para examinar mi cuerpo desnudo.

119

Debería enojarme, esta vulnerabilidad forzada. Debería sentirme a la defensiva ante la constante crítica o comentarios sobre mí, mi vida, y mi cuerpo, pero en vez de eso, su lectura atenta me reconforta. Sólo siento la atención y la preocupación de mi pareja. No que me juzga.

Use la toalla para acercarme más a él; mi piel húmeda está casi acalorada con su cuerpo. Lo suficientemente cerca que algunas gotas de agua se pasan a su ropa. Empiezo a temblar de nuevo pero no por debilidad.

—Te transformaste por *mí*. —Su voz ronca suena posesiva. Sus ojos brillan de color verde. La electricidad entre nuestros cuerpos es innegable. Como las cuerdas de un instrumento, afinado en la misma nota. Resuena a la misma frecuencia y ritmo.

Pongo las manos sobre su pecho y lo empujo hacia atrás, necesito espacio con desesperación.

—Probablemente, —murmuro, alejándome—. No quise volver a dejarla a salir. No planeo quedarme en Wolf Ridge.

Escucho que se le corta el aliento cuando le doy las noticias, pero no veo su reacción porque salgo del baño hacia mi vestidor en el estudio, de donde saco un par de bragas limpias.

Asher me sigue, mirándome con esos ojos de lobo brillantes mientras me pongo las bragas, un camisón y unos pantalones cortos de pijama.

—Bueno, necesitas carne. Estoy seguro de que lo sabes.

—Lo sé, pero la carne es cara. No puedo pagarla.

Los ojos de Asher se entrecierran y él mira hacia las puertas francesas que dan a la piscina y a la propiedad de un millón de dólares de mis padres.

—¿Por qué no?

Me he recuperado. Mi fuerza regresó y también la determinación.

Me acerco a Asher y me paro frente a él con las manos en la cadera. Es unos treinta centímetros más alto que yo, así que tengo que mirar hacia arriba.

—Muy bien, este es el trato. Sacaste a la luz a mi loba. Es claro que necesito —me detengo y muevo la mano en el aire, intentando pensar en las palabras correctas— sexo ahora.

Los ojos de Asher brillan con un interés renovado.

—¿*Ahora*? ¿También dejaste de tener sexo por cinco años?

—¡No! —Intento y no puedo empujarlo. Sólo logro empujarme a mí misma hacia atrás—. Escucha, Asher. Necesitamos algunas reglas de base.

Me sorprendo cuando asiente.

—Bueno. ¿Como cuáles?

—Uno: —levanto el dedo— Nunca volver a hacerlo en la escuela. Eso no puede volver a suceder. —Levanto otro dedo—. Dos: Nadie más lo sabe. —Una alarma suena de repente en mí—. ¿Se lo has dicho a alguien?

—¿Que te lo hice? —Él me mira mal, ese pecho esculpido suyo se pone tenso—. Por supuesto que no.

—Bien. Que siga así. Y tres: —agrego un dedo— Sólo aquí, y cuando oscurezca, y nadie verá cuando vienes o te vas.

Asher me toca por la muñeca la mano que sostengo y lleva mis nudillos a su boca. Los muerde, más fuerte que una mordida leve, pero no realmente doloroso.

—Estoy de acuerdo con tus demandas. Aquí están las mías. —Succiona uno de mis dedos en su boca y mi cuerpo se enciende de inmediato otra vez. Sigo sintiendo las punzadas entre mis piernas de nuestras dos rondas previas de hoy. Mi cuerpo no puede querer más.

Pero así es.

Me suelta el dedo de la boca con un ruido de sus labios.

—Tu cuerpo me pertenece. Si alguien más lo toca, morirá.

Los músculos íntimos entre mis piernas se levantan y contraen. Mi corazón empieza a latir fuerte de una forma inexplicable.

Él succiona otro dedo y lo libera.

—Puedo hacer lo que sea que quiera contigo. con ella. Si quiero besarte... —pasa una mano detrás de mi cabeza y lleva mi rostro hacia el suyo. Sus labios descienden y se quedan allí, a milímetros de los míos; su respiración caliente acaricia mi rostro— abrirás estos labios para mí. —Ataca mi boca; su lengua pasa entre mis labios y me posee.

Lucho, o más bien, parte de mí lucha mientras otra parte se entrega. Y una tercera parte de mí sólo se enciende en llamas blancas y ardientes.

Él deja de besarme arrastrando mi labio inferior entre sus dientes.

—Si quiero hacértelo, abrirás esas piernas.

Dichas piernas tiemblan, apenas me sostienen. La peor parte es que estoy segura de que sabe el efecto que tiene en mí. Puede oler mi excitación. Sentir la forma en la que me derrito hacia él a pesar de mi profundo deseo de resistirme.

—Y si alguna vez alejas mi mano otra vez cuando quiero acariciarte, te daré nalgadas hasta que llores. ¿Entendido?

Mis pezones se tensan. Un temblor poderoso recorre mi cuerpo. Estoy igual de furiosa que de excitada. Quiero darle un rodillazo en las pelotas. También *quiero* un poco que me dé esas nalgadas.

¿Por qué eso me excita tanto? ¿*Deseo* su castigo por lo que hice?

Con el rostro acalorado, las palmas de las manos húmedas, la mejor respuesta que logro darle es escupir dos palabras:

—Te odio.

Una sonrisa lenta y engreída aparece en el rostro de Asher.

—Créeme, es recíproco, corazón.

Por segunda vez en veinticuatro horas, Asher se va de mi casa, dejándome excitada e insatisfecha.

Gira el picaporte y me dedica una mirada creída.

—Ah, y quiero la llave de tu casa.

Capítulo trece

Asher

Doy vueltas toda la noche. No puedo evitar pensar en el refrigerador vacío de Lotta. No va con la imagen que tengo de ella, de la princesa mimada de la manada que tiene todo lo que quiere o necesita en bandeja de plata.

¿Por qué tendría una alacena vacía? ¿Por qué diría que no puede pagar la carne? Tiene trabajo. Tiene padres ricos. Acaba de graduarse de una universidad privada cara.

Pero ha estado reprimiendo a su loba por años. Eso fue una total sorpresa. Ese nivel de abnegación... me dice algo de ella. De quién es. El nivel de autocontrol que debe tener. Pero también, sobre su conflicto interno. Hay una guerra literal dentro de ella. Su lobo se negó a quedarse sublimado cuando se aproximó a su pareja. Pero ella no quiere pareja. Y sobre todo no quiere a mí.

No es que yo la quiera a ella.

Esta nueva información añade recelo a las lágrimas que derramó mientras se lo hacía. Quizá no eran sólo por enterarse de que su pareja es uno de sus estudiantes. O porque se lo haga un tipo que ella odia. Quizá fueron una descarga dejar salir a su loba.

O, un escalofrío recorre mi piel, quizá fueron resultado del dolor de haber perdido la batalla con su loba.

—Eso es una mierda, —murmuro, bajando las piernas de la cama antes de que amanezca otra vez.

Salgo de la casa adosada y me subo al Ducati. Cuando cumplí dieciséis, no podía pagar un coche, pero Greg Lame, el dueño del taller de autos Wolf Ridge, me hizo un gran descuento por este bebé. Lo compré con el dinero de trabajar los findes de semana para la Sra. Angelson en Sweet Treats.

Voy hasta Circle K, donde trabaja el papá de Casey y Cole Muchmore. Es una estación de servicio y tienda de veinticuatro horas a la salida de la ciudad. El único lugar abierto a mitad de la noche. Compro pan, leche, huevos, tocio y carne para sándwich con el último dinero que me envío mi papá.

Mi pareja necesita proteína. Ella necesita sustento. Ese impulso primitivo de protegerla y proveer no será ignorado hasta que me asegure de que ha sido alimentada. Conduzco de regreso y troto hasta su casa, respetando las reglas sobre que no me vean llegar o irme.

Diablos, yo tampoco quiero que alguien nos vea. Lo último que necesito es que sus padres presumidos se enteren de que la paria de la manada ha estado tocando a su preciosa hija. El Destino sabe que su mamá falsificaría evidencia de algún nuevo crimen espantoso para que me echaran permanentemente de Wolf Ridge.

No sé por qué pruebo con el picaporte.

Me molesta encontrarlo trabado. Me molesta aún más cuando mi hermosa pareja no se despierta. Sólo escucho la respiración profunda y regular de su sueño profundo. O bien sus instintos de loba para sentir el peligro están muertos o todavía no ha recuperado su energía y estamina por transformarse.

Con más razón debo estar aquí. Camino suavemente hacia el refrigerador y abro la puerta. La luz tampoco la despierta. Pongo las compras dentro y la cierro.

Debería regresar a casa y ver si puedo dormir otra hora antes de la escuela. O ir a la panadería para ayudar a mi mamá y a la Sra. Angelson. En vez de eso, me encuentro junto a la cama de Lotta, mirando hacia abajo a la hermosa curva de su mejilla. La forma de sus pestañas oscuras contra su mejilla.

Estoy perturbado por el deseo de meterme a su cama con ella. De sostenerla.

A la mierda con eso. Hacérselo duro desde atrás es una cosa. Hacer cucharita es algo que jamás pasará. Ella no se merece esa confianza de mi parte. No es alguien en quien pueda confiar.

Pero igual mis dedos buscan acariciar su mejilla como lo hice ayer en el baño de la escuela, cuando alejó mi mano con un golpe. Me detengo antes de tocarla realmente.

¿Por qué no se despierta? Debería saber que alguien entró a su casa y está parado junto a ella.

Pero luego me doy cuenta: su loba sabe que no soy un peligro.

Lotta, la profesora, puede odiarme. Lotta, la artista. Lotta, mi vecina. Pero su loba nunca me detendrá. Su loba sabe que pertenezco aquí.

Que ella me pertenece.

Nuestros futuros están entrelazados tan fuerte que ninguno se liberará.

* * *

Lotta

Duermo como los muertos. Como lo hice la noche de la luna llena.

Supongo que eso es lo que me hace tener sexo con mi pareja. Tengo que dormir para superar esa intensidad. Ese placer extremo.

Por suerte, escucho mi alarma, pero me despierto con baba en la almohada y líneas en el rostro. Camino con dificultad hasta el baño y prendo la luz.

La cortina blanca de la ducha está parada, desaliñada de anoche. Me agacho a recoger una miga de los sándwiches tostados de queso de anoche y recuerdo cómo se sintió que me cuidaran. Asher puede actuar como un pendejo, pero es mi pareja. Está hecho para ocuparse de mí.

Es sólo biología, me digo a mí misma ferozmente cuando el calor comienza a esparcirse por mi pecho. *Él te odia. No te reclamará.*

Sería tonto creer que hizo algo anoche porque lo preocupe.

No le importo a nadie, no en realidad. Ni siquiera a mis padres. Lo aprendí a la fuerza cuando no hice lo que ellos querían. Pero me fue bien sola en la universidad. Tenía mi arte. El arte es algo que nunca me ha traicionado. Es el amigo que siempre tendré.

Además, aunque mi relación con Asher no estuviera completamente prohibida y no fuera mi estudiante, no *querría* que me reclamen. Tampoco quiero una relación con Asher. Necesito ganar el dinero suficiente como para regresar a Chicago o, si puedo lograrlo, Nueva York o Los Ángeles. Necesito estar rodeada de otros artistas. Que vean mi trabajo e intentar lograrlo.

Nada sería más triste que el que algún lobo de la secundaria me reclamara y yo me quedara aquí el resto de mi vida. Dejando de lado mis sueños. Satisfaciendo la idea de mis padres de un futuro para mí.

—Agh, no, —murmuro mientras abro la ducha y me meto. Sostengo la cabeza debajo del chorro e intento olvidar lo magnífico que se veía Asher desnudo. Ese pecho y hombros amplios y gloriosos. Los pocos rizos rojizos sobre su piel bronceada. Es increíble.

El sexo con él fue tan diferente de cómo era con Andy, mi compañero de universidad, o incluso con los tipos con los que estuve durante las corridas de luna llena en la secundaria. Él es muy dominante, lo que me excita. Un poco malvado. También, me excita. Puede que tenga que analizar eso. Pero incluso con la maldad, los gruñidos y las nalgadas, debajo de todo, Asher es un amante considerado. Está completamente sintonizado conmigo. Al ritmo de mi placer. Sabe lo que necesito y cómo dármelo. Si me niega el placer, eso también es a propósito.

Es el día y la noche comparado con el egocentrismo de Andy o la intensidad extraña y los esfuerzos torpes de mis amantes adolescentes.

Asher puede ser menor que yo, pero lo hace como un hombre. Un verdadero hombre.

Oh, Destino. Me estoy enamorando de él.

No quiero enamorarme de este tipo.

Me pongo champú y acondicionador en el cabello, me afeito las piernas, las axilas, y entre mis piernas y salgo de la ducha. Mi estómago ruge mientras me seco. A pesar de los tres sándwiches y medio que me comí tarde anoche, tengo hambre de nuevo.

Mierda. Asher probablemente usó lo último que quedaba de pan y queso para hacer los sánguches anoche, lo que significa que no hay nada para desayunar o llevarme para el almuerzo.

Quizá si tengo suerte alguien haya llevado donas a la sala de profesores. Aunque las donas no fueron lo que me recomendó el Dr. Oakley para alimentar a mi loba.

Salgo del baño y me visto, luego abro el refrigerador para ver qué puedo encontrar.

—¡Oh! —Me quedo mirando sorprendida toda la comida que hay allí. Leche. Huevos. Pan. Tocino. Fiambre.

Las lágrimas invaden mis ojos. No me he sentido tan cuidada desde que terminé la secundaria.

Es sólo biología, insiste mi mente lógica. *No le importa.*

Pero esto fue pensado. Asher regresó a mitad de la noche o mientras estaba en la ducha esta mañana. Tuvo que levantarse temprano, ir a la tienda, comprar comida, y traerla hasta aquí. Sí le importa.

Hasta enojado. Incluso odiándome por lo que hice, todavía le importa mi bienestar.

Mi estómago vuelve a gruñir. Le saco la tapa a la leche con dedos temblorosos y empiezo a tragármela, desesperada por las calorías y la proteína. Empiezo a buscar tijeras o algún cuchillo para abrir el paquete de tocino, y luego mi lobo se apodera. Le arranco el plástico duro con los dedos. *¡Calma!* Mi fuerza de transformista está regresando.

No hay tiempo para freír el tocino, así que pongo tres pedazos entre varias servilletas de papel y las meto en el microondas mientras frío cuatro huevos en una sartén y preparo un sándwich de carne y queso para almorzar.

Todo el tiempo hay un calor en mi pecho que no desaparece.

Parte de esa pesadez que ha estado en mis extremidades por un largo tiempo desaparece. Y no es sólo por la fuerza de mi loba. Es emocional.

Empiezo a llorar. No he tenido esa sensación de conexión en mucho tiempo.

Los humanos no son como una manada. Tenía amigos en la universidad, muchos. Pero tenía que mantener la guardia en alto; no podía revelarle mi secreto a nadie y eso me hizo alejar amistades cercanas. Me mantuve en grupos. No quería ser demasiado cercana a una persona.

Esa probablemente sea la razón por la que elegí un tipo tan egocéntrico como Andy para hacerlo en primer lugar. Necesitaba a alguien que nunca me viera muy de cerca.

La artista golpea una pared con emoción.

No puedo quedarme atrapada en Wolf Ridge. La vida de lobos no es mi futuro; pertenezco en una gran ciudad *por mi arte.*

Mi loba ignora todo eso. Tomo el tocino del microondas, lo aplasto contra los huevos y como directo de la sartén.

Todo el tiempo, estoy moviendo la cola

Y como Andy apareció en mi mente, decido hablarle sobre su reunión en la galería. Le envío un mensaje.

¿Cuándo vienes? ¿Tuviste suerte en conseguirme una reunión?

Me responde, **La semana próxima. Conseguí una suite chula en un complejo. No puedo esperar a verte en bikini.**

Oh. Iugh. Agh.

No sucederá, le respondo. *Estoy saliendo con alguien aquí.*

Tengo que decirle que no estoy disponible. Asher y yo tenemos un acuerdo. No es mi novio, pero tenemos un lazo biológico innegable. Aunque me interesara hacerlo con Andy, lo que realmente no es así, no puedo meterme con la naturaleza. El lobo de Asher cree que le pertenezco, lo que significa que lucharía con cualquier otro hombre hasta la muerte por mí.

Andy: **Como sea. Siempre fuimos abiertos y relajados.**

Yo: **Dije que no sucederá. ¿Puedes conseguirme una presentación o no?**

Andy: **No lo sé, pensaba que favor con favor se paga.**

Yo: **De nuevo, no es una opción.**

Andy: **Bromeo, bebé. Veré qué puedo hacer.**

Luego, **Ve qué puedes hacer tú también,** seguido de un emoji de bikini.

No está bien. Agh. ¿No leyó la parte de que estoy saliendo con alguien? Qué idiota. Bueno, yo fui idiota en poner algo de esperanza en su ayuda. Debería haber sabido que sólo buscaba sexo.

Le envío un mensaje a Olive. **Ey, ¿recuerdas que te ofreciste a visitar galerías conmigo?**

Ella me responde de inmediato. **¡Absolutamente!**

La manada se mantiene unida. Me arden los ojos un poco con el alivio tener a alguien a mi lado. El contraste de su amistad comparada con la de Andy es claro.

Yo: **¿En serio? ¿Cuándo te queda bien?**

Olive: **Los miércoles por la noche las galerías abren hasta tarde para la Caminata del Arte. Podríamos cenar y visitar algunas.**

Yo: **¡Perfecto! ¿Este miércoles te queda bien?**

Olive: **Sip. Está en mi calendario.**

Asombroso.

Le envío emojis de besos a Olive y salgo por la puerta justo a tiempo. Me subo en mi Mini, el que me compraron mis padres a mis dieciséis y que se negaron a dejarme vender para pagar la universidad.

Una motocicleta se cruza cuando intento entrar al estacionamiento del personal y luego ocupa el espacio de la sala de arte. Mi lugar.

Sé antes de que se quite el casco quién conduce.

Encuentro otro lugar donde aparcar, tomo mi sándwich y camino hacia él. Mientras me acerco, saco la llave de mi casita de mi llavero.

El mismo miedo familiar de verlo sigue allí, pero es igual o mayor la emoción.

El calor.

El deseo.

—Debería ver por dónde anda, Srita. James. Casi me choca. —Su sonrisa malvada saca a relucir sus dos hoyuelos profundos. Se inclina contra el Ducati de brazos cruzados sobre su gran pecho.

Levanto la voz en caso de que algún otro profesor o estudiante esté cerca. —Ese es un lugar para el personal, Asher. Mueve la moto.

—Sí, señora, —dice, sin moverse.

—*Ahora.* —Estoy invadiendo su espacio personal, sintiendo su aroma sensual a cedro y sensualidad.

Sus fosas nasales se abren y sus ojos brillan verdes mientras mira lento los míos.

Dejo caer las llaves y miro hacia abajo sin moverme.

Por un momento, creo que mi plan no funcionará. Asher está demasiado comprometido con ser un pendejo como para seguirme. Me mira por un largo tiempo con algo de decepción, pero eventualmente se inclina a recogerlas.

Cuando me las pasa, las cambio con la llave de mi casita.

Siento su explosión de poder, pero esta vez, en vez de enojo o ira, es lujuria.

—Mueve la moto, —repito, arrojando el cabello hacia

atrás—. Gracias por la comida, —-murmuro mientras paso a su lado.

Siento su mirada en mi espalda, o más bien en mi trasero, toda mi caminata hasta el edificio de la escuela. Giro para mirar hacia atrás cuando llego a la puerta. Sólo entonces me saluda de forma falta y sube una pierna sobre la moto para moverla hacia el estacionamiento de estudiantes.

Encuentro mi propia versión de una sonrisa falsa en mis labios mientras entro a la escuela.

Capítulo catorce

Asher

Salgo hacia lo de Lotta después de fútbol, la cena, y la tarea. La llave de su departamento me quedó un hoyo en el bolsillo todo el día, y estar sentado en clase fue pura tortura. Ella nunca me miró, ni una vez, pero se sonrojó cada vez que me puse duro mirándola pasearse por el salón con su falda ajustada y sus sandalias con tacón. Se puso un top corto negro y ajustado con una margarita sobre sus tetas que me hace querer romper esa camiseta en pedacitos y enterrar el rostro allí.

Saber que *ella* sabe que es mía, que ella lo admitió, sin importar qué tan reticente haya sido, cambió las cosas para mí. No tengo una sensación de furia hacia mí.

Ese viejo enojo y sensación de traición sigue allí como una piedra en la base de mi estómago, pero sólo me da una sensación de recelo ahora, no completa furia.

Me detengo afuera de la puerta de Lotta. Ah. Me doy cuenta de que no está. Su aroma a jazmín no está allí. Pero más que eso, sólo lo sé. Mi lobo ya está sincronizado con ella. Pruebo de llave de todos modos, sólo para estar seguro de que funciona.

Lo hace, pero el lugar está vacío. Su coche no está estacionado debajo de la cochera del garaje de sus padres.

Mi lobo gruñe por ser negado. ¿Lo está haciendo a propósito? ¿Intenta volver a tomar las riendas de nuestros encuentros sexuales?

Pero eso no encaja del todo. Lotta se sentía diferente hoy. Menos cerrada. Su *gracias* murmurado por la comida fue cálido, y ella me dio la llave de su casa de forma proactiva.

¿Está con sus padres? No, el coche no estaba allí, me recuerdo.

Ah.

La imagen de su coche en el estacionamiento cuando me fui de la práctica de fútbol hoy vuelve rápido a mi mente. La noche de la luna llena, ella se había transformado en la escuela. Debe quedarse allí a pintar.

Tiene sentido, los lienzos que usa son enormes. Ocuparían la mitad de su monoambiente. Además, dormir con ese aroma a diluyente de pintura enloquecería a su loba.

Y su loba ya está un poco loca.

Corro de regreso y me subo al Ducati. Conduzco hasta la escuela, pero escondo la moto detrás de un contenedor y de la pared trasera de la escuela. No puedo arriesgarme a que alguien me vea pasar.

El coche de Lotta sigue en el estacionamiento y hay una luz prendida en su estudio de arte. Como sé que todas las puertas del colegio estarán cerradas, me paro debajo de las ventanas. Tomo una piedrita para arrojarla contra el vidrio y llamar su atención, pero luego me quedo quieto, mirando.

Lotta está parada de espaldas a mí, mirando un gran lienzo. En el lienzo está el rostro de un lobo gigante.

El rostro de *mi* lobo. El pelaje negro con blanco alrededor del hocico y pecho. Los ojos verdes brillantes.

Mis dientes forman un gruñido feroz, mis pelos están de punta, mis hombros preparados como para saltar. La saliva, o quizá sea el suero que usaría para marcarla, cae de mis dientes.

Mi cuerpo reacciona a la pintura como si me hubiera golpeado otro defensor. Un cañón explota en mi centro y hace que la piedra de mi estómago se mueva y ruede. Mi lobo se emociona por estar en el centro de su mente. Por ser su musa.

—Guau, —murmuro en voz alta.

Lotta se sorprende con el sonido de mi voz. Las ventanas están un poco abiertas por ventilación y ella gira.

—Asher.

Podría vivir toda la vida sin olvidar la dulzura de escucharla decir mi nombre. Las sílabas sin aliento parecen transmitir tanto emoción como nervios al encontrarme debajo de la ventana.

Ella apoya su brocha.

—Te dejaré entrar.

Memorizo esas palabras también, sintiendo que hay una metáfora en ellas. No me detengo a preguntarme *por qué* quiero que me deje entrar emocionalmente, cuando mi corazón está tan firme en cerrarse ante ella.

Es mi pareja. Esa es una explicación suficiente.

Me quedo en las sombras del edificio mientras doy la vuelta hacia las puertas.

Lotta está sin aliento cuando las abre. Tiene los pies descalzos y hay una mancha de pintura en su muñeca. Su aroma dulce a miel me ataca y casi me hace arrodillarme para meterme debajo de su falta y presionar la lengua donde más la necesita.

Pero en vez de eso, la levanto, con el antebrazo detrás de trasero para levantar sus caderas sobre las mías, y que ella esté sentada en mi cintura. La llevo por el pasillo hasta la sala de arte.

—Tu regla de *nunca en la escuela* será rota esta noche, —gruño.

—Ah.

No protesta. También lo quiere.

—Si me haces perseguirte, te comeré en donde sea que te encuentre.

—Mm. —Sus piernas se tensan alrededor de mi cintura; el aroma de su excitación me enloquece—. Perdí noción del tiempo, —dice, moviéndose entre mis brazos.

Realmente me gusta que crea que me debe una explicación. Que entienda que su pequeño cuerpito me pertenece a mí.

Sí pienso ser su dueño de todas las formas posibles.

Paso una mano por debajo de su camisa mientras camino; mi pulgar se desliza debajo de su sostén para tocar su pezón.

Ella vuelve a apretar las piernas y los músculos de su trasero se tensan con emoción.

La llevo al estudio de arte y directo a la mesa donde me siento. Por la forma en la que dividió el salón con sus cuadros, nadie que mire desde afuera hacia adentro podría vernos, incluso con las luces prendidas como ahora.

—Asher. —Esa entonación agitada de nuevo.

Me está volviendo loco. Apoyo su trasero en el borde de la mesa y levanto sus rodillas. Ella vuelve a apoyar los antebrazos y sus ojos brillan de un azul eléctrico.

—Si te pones estas faldas cortas en la escuela, te lo haré, —advierto—. Fuerte. —Tiro demasiado fuerte de sus bragas y el satén y encaje delicado se parte al medio.

—Ey, —protesta, pero no escucharé ninguna reprimenda de su parte.

Lamo mis tres dedos del medio y la pego a su vagina con ella.

Sus ojos se abren grandes.

—Así es. —Subo sus rodillas hacia sus hombros. Ella se acuesta y deja de apoyarse en sus antebrazos—. Esta vagina recibirá unos golpes esta noche.

—Qu-qu... —sus labios se esfuerzan en formar palabras, pero parece que no puede completarlas. No sé si intentaba preguntarme *por qué* o *qué*, pero no importa. Le respondo con otro golpe. Pongo mi mano debajo de una de sus rodillas para separarla bien y empezar a darle golpes a esa vagina hermosa con tres dedos.

Evidentemente no hay fuerza detrás de los golpes. No la lastiman. Pero está sorprendida por la sensación y eso la excita rápido. Le doy un golpe a su clítoris, haciendo que se hinche y que salga hacia afuera. Su excitación cae sobre la mesa.

Estaré pensando en eso todas las clases hasta la graduación, garantizado.

—Esto sucede cuando me dejas con las bolas azules. — Le doy golpecitos rápidos y ligeros a sus pliegues. Ella jadea y ronronea; sus muslos internos empiezan a temblar.

Sostengo ambas rodillas y bajo la cara entre sus piernas, sosteniéndome justo encima de su sexo. Mi boca está abierta, mi lengua preparada para lamerla, pero lo retraso deliberadamente y dejo que sienta el calor de mi respiración.

Ella vuelve a apoyarse en sus codos para mirar.

Paso la lengua lento.

Ella empieza a temblar y sacudirse anticipadamente. Su cuerpo conoce el placer que estoy a punto de darle. Está en el borde, quizá lista para el primer orgasmo con la punta de mi lengua.

Unimos miradas y todavía la hago esperar.

Ella contiene la respiración.

—Acaba para mí, Carlotta, —murmuro y toco su clítoris con la punta de mi lengua.

Eso es. Un movimiento. Quiero ver si es posible. Si puedo preparar tanto a mi pareja que acabe con mi orden.

—¡Aaah! —Grita, estirándose para meterse los dedos mientras acaba.

Sólo le doy unos pocos segundos para disfrutarlo; luego levanto sus caderas y la giro, dejándola de rodillas sobre la mesa.

—¿Pensabas que había terminado tu castigo, pequeña loba?

Ella gime. Descansa en su antebrazo; sus dedos siguen entre sus piernas y sacan lo último de su orgasmo. Dejo que se dé autoplacer mientras le doy nalgadas en el trasero.

No me contengo. Ella es una loba; cualquier dolor que sienta será momentáneo, mezclado con el sexo y la excitación. Le dejo el trasero rojo, pegándole de un lado, luego del otro, luego justo en el medio de su dulce vagina.

Pero es demasiado para mí. Necesito estar dentro de ella. Esta vez estaba preparado: traje un condón. Lo saco rápido del bolsillo y lo abro.

—Date vuelta, —le ordeno.

Los ojos de Lotta están brillosos y desenfocados mientras ella gira temblorosa para ponerse boca arriba de nuevo.

—Está bien, —dice al ver el condón—. Ayer vi al Dr. Oakley. Ya debería ser seguro.

Mi lobo está enfurecido de no poder embarazarla. Yo sólo estoy emocionado por poder venirme dentro de ella.

Tomo sus caderas y las traigo justo al borde de la cama, donde estoy parada. Bajo mis pantalones cortos y empujo.

Esta vez es incluso mejor. Cada vez es mejor con Lotta.

Y quería tanto estar con ella que casi lloro por estar dentro. Aquí pertenezco. Metido entre los muslos de mi pareja. Subo la mano por dentro de su camiseta para tocarle la teta mientras choco con su trasero. Sus piernas descansan contra mí; sus tobillos bailan sobre mis hombros.

—Ah.

—¿Así es cómo te gusta? ¿Me quieres profundo? —La charla sucia sale naturalmente.

—Sí, —gime—. Más profundo.

Aw, mierda.

Tomo la parte frontal de sus muslos para mantenerme firme y darle, haciendo que ella me tome todo, tan profundo como puedo ir. La habitación da vueltas. Quiero que dure por siempre, pero ya estoy demasiado ido para contenerme demasiado.

No importa. Lotta claramente está también arrebatado por la pasión. Sus ojos se pusieron en blanco en su cabeza, su mentón se levantó hacia el cielo en éxtasis.

—¿Te vendrás cuando te lo diga? —Le pregunto.

Sus ojos intentan sin éxito enfocarse en los míos.

—¿Hmm? ¿Serás una buena chica y te vendrás cuando te lo diga?

—Yo... yo... —Es claro que es incapaz de hablar ahora.

Ya sé que lo hará. Este cuerpo fue hecho para someterse al mío. Igual que el mío fue hecho para servirle al suyo.

Hacerla gritar de placer no es sólo mi derecho. Es mi destino.

Encuentro su pezón y lo pellizco; de a poco lo aprieto más hasta que ella se retuerce.

Mis bolas se tensan. Estoy acalorada y caliente.

—Ahora, Lotta, —gruño y empujo profundo. Mis bolas se tensan y envían chorros de semen caliente hacia ella.

Suelto el pezón de Lotta y le doy una palmada ligera al costado de su seno.

Ella se viene; sus caderas esbeltas se mueven contra las mías, sus flujos resbaladizos se mezclan con mi esencia.

Deslizo la mano por encima de su pecho en más que una caricia. Aprieto ligeramente; luego la acaricio bajando hasta su cintura.

Ella luce magnífica. Su cabello cobrizo se esparce como un halo alrededor de su cabeza. Sus ojos están cerrados, sus labios rojizos forman una «O» mientras ella aprieta y le saca la leche a mi verga.

—Eso es, —la aliento, moviendo mis partes contra su trasero en empujones cortos— Tómalo todo. Cada gota.

Ella gime y pone los tobillos detrás de mi espalda, llevándome con fuerza contra ella para frotar lo último de su orgasmo.

* * *

Lotta

No hay nada en el mundo como el sexo con Asher.

No tenía idea de que podía ser tan bueno. Y tengo la sensación de que apenas empezamos.

Parece que no puedo negarme a él. Juré nunca volver a tener sexo con Asher en la escuela, pero aquí estoy, acostada sobre una de las mesas de mi salón con las bragas rotas en el suelo.

Mientras vuelvo a pensar, también aparecen los recelos por lo que estamos haciendo. Por mi incapacidad de detenerme. Por mis sentimientos por Asher.

Porque la verdad es que sí siento cosas.

Me importaba mucho él cuando tenía trece. Quizá mi loba lo conocía de alguna forma, aún sin la presencia de su lobo. Lo que siento ahora es cariño mezclado con un huracán de deseo peligroso. Y entre más me preocupo por él, más presión siento por escapar. Por irme de Wolf Ridge antes de que sea demasiado tarde. Antes de estar encerrada en algo con él de lo cual jamás podré librarme.

Miro para otro lado mientras separo los tobillos de su espalda y uso los pies sobre sus muslos para alejarlo. Por mi visión periférica, veo que su labio superior forma un gruñido, pero él acepta mi cambio abrupto de sentir. Se aleja hacia el lavamanos y se lava mientras yo me bajo de la mesa. Me limpio con algunos pañuelos de la caja, los que guardo en el bolso para tirar por el inodoro más tarde. Dejar cualquier evidencia de nuestra aventura en el salón sería desastroso.

Asher toma mis bragas y se las guarda en el bolsillo. Camina hacia la parte de mi estudio y se para de brazos cruzados, mirando el cuadro en el que estoy trabajando.

—¿Cuándo empezaste este?

—En agosto.

Me mira y sus cejas se levantan, sorprendidas.

—¿Qué? Lleva mucho tiempo completar un cuadro de este tamaño.

—No habías visto a mi lobo en agosto.

Pestañeo, no entiendo. Luego miro fijo al lobo en el lienzo y me quedo sin aliento; mi mano cubre mi boca.

Es Asher.

¿Por qué no me di cuenta? Además de pintar a mi loba, he estado pintando variaciones de este gran lobo gigante desde el primer año de universidad.

Desde que Asher habría transicionado a su forma de lobo.

Me balanceo.

Asher pasa un brazo alrededor de mi cintura y me lleva contra su cuerpo firme.

—Todas son de nosotros, —murmura con sorpresa en la voz. Miro rápido los cuadros, grandes y pequeños, colgados de las paredes o sobre lienzos, para ver lo que él ve.

Destino, ¿cómo no me di cuenta? Cada pintura muestra un gran lobo negro o una loba blanca delgada, ambos de ojos verdes. Los pienso como el ying y el yang. Para mí, representaban los aspectos femeninos y masculinos de los lobos. A veces los pintaba juntos. Sobre todo, separados. A veces los pintaba mi rostro sobre el de mi loba o con el rostro del lobo sobre el área de mi pecho.

Nunca, jamás imaginé que pintaba un hombre específico.

Nunca le asigné un rostro humano al lobo de Asher. Nunca imaginé cómo luciría ese hombre en particular en forma humana.

Qué completamente bizarro es que no haya notado sus similitudes la primera vez que vi a Asher en la corrida de luna llena. Aún cuando sentí su aroma a cedro y jabón y sospeché que era mi pareja, no lo conecté. Estoy tan desconectada de mi naturaleza de loba que me perdí todas las pistas que me dejaba el Destino.

—Entonces reprimiste a tu loba en la escuela de arte, y así es cómo salió a la luz. —La voz de Asher es un eco reconfortante encima de mi cabeza.

No quiero inclinarme sobre su cuerpo robusto porque se siente demasiado bien. No quiero acostumbrarme a algo que no podré quedarme. Mi cuerpo no obedece mis deseos. Me derrito contra él, absorbo lo maravilloso que se siente tener los músculos marcados de su antebrazo sosteniéndome.

—Sí. Ella se volvió mi musa artística.

Asher me suelta y se acerca para observar un cuadro de 120 x 120 cm de mi loba parada sobre un médano y rodeada por delicadas amapolas doradas mexicanas. Tenía este cuadro en mi habitación del departamento estilo dormitorio universitario que compartía con Andy y otras dos chicas de último año el año pasado. Tenerla cerca evitó que sintiera que me volvería loca.

—Ella luce... —él inclina la cabeza como si intentara leerle la mente a mi loba en el lienzo—. Creo que está enojada contigo.

Una risa algo ahogada sale de mi boca.

—¿Enojada? —Camino a su lado.

—¿No lo ves?

—Bueno... hubiera dicho que luce inteligente. O fuerte. —Yo también inclino la cabeza para intentar ver con los ojos de Asher.

Quizás esté enojada.

—Luce amargada.

—Podría decirle reprimida.

—La represión la amargó.

La culpa que me carcome por suprimir a mi loba sale a la superficie. Le doy un codazo.

—No juzgues.

Asher me levanta y me sienta sobre la escalera que uso para pintar la parte alta del lienzo. No veo nada del resentimiento ni de la ira que suele tener para mí. Tampoco veo la condena de mis padres. Su rostro está relajado; su expresión, suavizada. Cuando sus manos descansan ligeramente sobre los lados de mis muslos, un temblor comienza en el centro de mi ser.

—Sólo parece que... ejerciste violencia sobre ti misma.

Quiero reaccionar con mi defensividad habitual que

reservé para todas las conversaciones con mis padres mientras estaba en la universidad, pero los pulgares de Asher acarician ligeramente la parte superior de mis muslos y no puedo concentrarme.

—¿Qué te hizo hacerlo?

Muevo el brazo para señalar los cuadros.

—El arte, Asher.

Tiene el entrecejo fruncido.

—¿Reprimiste a tu loba para poder pintarla?

Mi risa es amarga.

—No. Pero no podía tener ambos. Elegí el arte.

Asher me mira tanto tiempo con una mirada confusa que empiezo a cuestionarme mi propia premisa.

—Mis padres dicen que a los transformistas no les importa el arte. Querían que me quedara y trabajara en la cervecería, como todos los demás.

Una mirada de desdén pasa sobre el rostro de Asher y quiero abrazarlo.

—Eso es... muy tonto.

—Todas las mejores escuelas de arte y ámbitos artísticos están en las grandes ciudades. Lugares en los que un lobo no puede transformarse y correr. Apliqué al Instituto de Arte de Chicago, de todos modos, y tuve la suerte de ser aceptada.

—Bu-bueno. —Asher arrastra la palabra, dando a entender que todavía no comprende.

—Mis padres me prohibieron ir. Dijeron que mataría a mi loba, pero era adulta. Básicamente les mostré el dedo del medio y me fui de todos modos.

La comprensión aparece en el rostro de Asher.

—No pagaron. Por eso no podías tener carne en tu casa.

Hay lágrimas en mis ojos y las contengo. Después de

esconder tanto quién era en la universidad y de sentirme tan atrapada, se siente increíble ser vista. Entendida.

—Tengo que pagar préstamos estudiantiles y no pude encontrar un trabajo en el que ganara lo suficiente como para cubrir la renta en Chicago. Básicamente, mis padres me mataron de hambre como castigo por desobedecerlos. Mi mamá me atrajo de regreso con este trabajo temporal relacionado al arte, pero cuando se dio cuenta de que planeaba usarlo para recuperarme y volver a la ciudad, me informó que debía pagar renta para quedarme en su casita.

—¿Qué? Eso es una mierda.

—Así que no tengo esperanza de poder pagar los préstamos. Sólo estoy ahorrando todo lo que gano para intentar comenzar de cero en otro lugar.

Asher mira hacia las ventanas, como si se diera cuanta por primera vez que podrían vernos juntos, y me baja de la escalera.

—Bueno, me alegra que tengas tu arte.

—Toma un pequeño cuadro de 15 x 15 cm de nuestros lobos y lo observa; luego se aleja con el cuadro en la mano.

—¿Qué estás haciendo? ¡No puedes llevártelo!

Asher gira y me sonríe lento. Odio lo que le hacen sus hoyuelos a mi interior.

—Oh, me lo llevaré, corazón. ¿O harás que te lo devuelva? —Lo mueve en el aire como para tentarme.

No tengo idea de por qué su provocación me hace mojarme. Quizá sólo sea su llamado de atención hacia nuestra diferencia de tamaño y poder. Hacia el hecho de que puede hacer lo que sea que quiera conmigo, cuando sea que lo elija, y no lo detendré porque lo anhelo.

Debería estar enojada por su falta de respeto, pero en vez de eso, una ola de calor me recorre.

Asher quiere mi arte. Sí viene algo de valor para un transformista.

Más que eso, significa algo para él.

—Desbloquea tu teléfono, Srita. James. Ha estado en mi bolso, al parecer, porque tiene mi teléfono. Lo mueve delante de mi rostro, y el teléfono se desbloquea.

—Pondré mi número aquí. —Sus pulgares se mueven sobre la pantalla—. Si quieres que me encargue de tus necesidades, será mejor que me digas dónde estarás.

—Lo siento. Lo haré. —Junto coraje mientras me acerco a él desde el otro lado de los lienzos—. Asher. —Le debo una disculpa más grande. La explicación me la quedaré, pero debo empezar por disculparme—. Sólo quería decirte que lamento lo que pasó con tu pa...

—No. —El golpe de frío que viene de Asher es palpable. Su labio superior se levanta en un gruñido.

Incluso sabiendo que es mi pareja y que debería ser incapaz de lastimarme, doy un paso atrás. Su poder es intimidante.

—Dejaré esa mierda de lado para encargarme de las necesidades de tu loba. Si abres esa caja —niega con la cabeza—, no quieres verme cuando me pongo malo.

Capítulo quince

sher

A Me recuesto en la cama con el cuadro de Lotta de nuestros lobos parados en una pradera, de la mano. Con mi otro dedo toco el pequeño pendiente de luna dorada que le robé cuando tenía trece.

Acabo de regresar de su hogar, donde tuvimos sexo alocado y sin hablar sobre la mesa de la cocina, seguido por una segunda ronda silenciosa con ella mirando hacia abajo en la cama, y donde la sostuve por la nuca mientras la tomé tan lento y tanto tiempo como necesitaba.

He sido un pendejo con Lotta desde que intentó disculparse la semana pasada por lo de mi papá. He cumplido con mi parte del trato: entrar después de que oscurece y satisfacerla. Se lo he dado duro. He evitado conversar.

No parece que pueda contenerme. Cuando invocan su recuerdo, me vuelvo una versión de él. Me convierto en ese violento y problemático que todos en esta maldita manada esperan que sea cuando me ven.

Me rotularon los profesores y los ancianos de la manada ya en tercer grado. Como mi papá, lucho contra mi temperamento. La violencia de casa se transforma en violencia en la escuela. Ya me metía en problemas por pelear cuando estaba en primaria. Le arrojé un libro a un maestro por retar a Seb por algo que no había hecho. Sostuve a un chico al revés, por los talones, hasta que se disculpó por jalarle el cabello a Casey Muchmore.

Todos asumieron que me convertiría en alguien un poco deshonesto, así que cumplí sus expectativas. Los profesores me odiaban, así que yo los odié. ¿O quién puede decir qué pasó primero? Sin importar eso, por esa razón me iba tan mal en la escuela cuando me volví el proyecto de tutorías de Lotta. La escuela había puesto mi nombre en la lista de recomendaciones para tutores voluntarios, y ella me eligió.

Ella se reunía conmigo tres veces por semana. Me llevó un tiempo creer que realmente quería ayudarme, pero ella persistió.

No diría que fue la primera persona a la que le importé porque a mi mamá le importaba. Mi papá se preocupaba a su manera. A la Sra. Angelson le importaba.

Lotta vio potencial en donde otros vieron rebeldía. Ella se involucró con mi éxito. Por supuesto, no me molestaba que también fuera hermosa. A veces era difícil concentrarse en sus clases porque estaba hipnotizado por la forma de sus labios en pico mientras hablaba. Por el brillo verdoso de sus ojos. Pero con el tiempo le pagué su atención poniéndome a trabajar realmente y ella llevó mis desaprobados a A y B para el fin del semestre.

Esta noche cuando le pegué en el trasero y me fui, dijo

—Espero que entregues tu autorretrato, Asher. No hagas que te desapruebe.

Parte de mí quiere voltearme y decirle que me dé una A o que le diré a toda la escuela que lo estamos haciendo, pero no podría. Y la razón no se basa por completo en el honor.

También parece tener algo que ver con este pequeño retrato de nosotros.

El lienzo me provoca algo. Produce una sensación de plenitud en mi pecho. Un deseo. Quizás ese sea el efecto del arte.

No puedo creer que los padres de Lotta le dijeran que no hay lugar para el arte en una manada. ¿Qué somos, bárbaros? ¿No podemos apreciar la belleza o el arte? ¿Sólo corremos y comemos, follamos, y nos reproducimos para quedarnos en nuestras manadas bien cerradas y llenas de pendejos? No lo entiendo.

Pero nunca entendí esta vida que llevamos aquí. Siempre choqué con la autoridad, contra lo que querían que hiciera, contra todo lo que apoya Wolf Ridge.

Observo todos los detalles que puso en un lienzo tan pequeño. El fondo me es familiar. No lo inventó. Debe haberlo pintado de memoria.

Me doy cuenta de que conozco la pradera del dibujo. Es un escondite increíble en las montañas. Rodeada en todas las direcciones de laderas con árboles, es un campo abierto hermoso, lleno de flores silvestres en primavera. Es el lugar perfecto para poner una carpa y acampar. O pintar. Si recuerdo bien, está a una hora y media de corrida en cuatro patas. Y el único camino que lleva allí es un sendero viejo y lleno de pozos, no apto para un coche. Pero podría llegar allí con mi motocicleta.

Algo acerca de este homenaje para mí, para nuestros lobos, me hace realmente querer completar el trabajo práctico. A pesar del hecho de que dejé de comunicarme del todo, todavía tengo este deseo de expresarme con ella. De mostrarle qué soy.

Y no la persona que finjo ser. No sólo el que causa problemas y probablemente termine siendo un criminal como su padre. El hombre que le robó a la manada. Pero sí le robé este collar a la hermosa chica adinerada.

También soy el tipo que lo guardó todos estos años, amargado por su traición, pero todavía obsesionado. Sigo esperando que exista alguna explicación de por qué me lastimó como lo hizo. De por qué usó lo que le dije en secreto contra mí y contra mi familia cuando me prometió que no lo haría.

Mi mamá llama a la puerta y entra.

—Ey, cariño. —Su entrecejo está fruncido—. Hoy me enteré de algo.

Me quejo y me siento. Esta es la desventaja de las pequeñas ciudades y las manadas de lobos. Mi mamá se entera de cosas. Nada nunca es privado.

Me preparo, instintivamente sé que se tratará de Lotta.

Ella cruza los brazos sobre su pecho.

—Me enteré de que la pelea que tuviste sucedió en el salón de Lotta James. De que ahora está enseñando arte en la escuela.

Mierda. Me froto el rostro. La culpa se retuerce en mi interior. Mi mamá no sabe que yo soy el que le dijo a Lotta que papá estaba robándole dinero a la manada, pero sí sabe que la mamá de Lotta está en el consejo y que fue la responsable de que lo exiliaran.

Sé que mi mamá se avergüenza por mi papá y evita a los miembros del consejo o que baja la cabeza en sumisión cuando los ve. Realmente lo odio.

—Sí, —admito.

—Ni siquiera me contaste de que la tenías como profesora, ¿y ahora me entero de que es la razón por la que te suspendieron?

Mierda.

—Ella es... —Mi mente se queda en blanco. No puedo

confiar en mí mismo para decir algo de Lotta que no revele demasiado. Me conformo con un— yo mismo causé mi suspensión. Sólo fue en su salón, mamá.

Ella sigue mirándome con preocupación.

—Deberías tener cuidado con ella, Asher. Sabes que su mamá está en el consejo. Si cree por un segundo que eres un peligro para su hija, te echarán de aquí.

—No soy un peligro para su hija, —me quejo. La culpa se cuela por mis poros.

—Bueno, lo sé, pero acaban de suspenderte por romperle la muñeca a un chico en su clase. Eso no luce bien, ¿verdad?

—Lo sé. Yo... —Suspiro y me levanto—. Tendré más cuidado, mamá. —Me inclino para besarle la frente—. Perdón, mamá.

Ella me abraza y se va, y yo bajo la cabeza contra la puerta. Maldición. Esta es la principal razón por la que nunca podré reclamar a Lotta James.

Le rompería el corazón a mi pobre madre.

* * *

Lotta

Me llega un mensaje de Andy entre clases. Él me envío flores a mi casa ayer. Rápidamente las llevé a la casa de mi mamá y abrí las ventanas de la mía para quitar el aroma. Lo último que necesito es el que el lobo de Asher se moleste pensando que otro hombre está invadiendo su territorio.

También le envié un mensaje tarde anoche a Andy para decirle, ***Te dije que me estaba viendo con alguien. Si la presentación de la galería depende que estemos juntos, entonces no la quiero.***

Él me responde ahora.

Andy: **bebé, todo está bien, sé que sigues siendo mi chica.**

Yo: **? No, acabo de decirte que estoy viendo a alguien.**

Andy: **No seas así. Estaré allí esta semana. Nos reuniremos para hablar.**

Yo: **Olvídalo. No estoy interesada.**

Esto se está poniendo estúpido. Él no me prestó mucha atención cuando vivíamos juntos. ¿Por qué está actuando como un acosador ahora?

Asher y sus amigos futbolistas entran al salón cuando suena el timbre y yo meto el teléfono de nuevo en mi bolso para empezar a tomar lista.

Cuando termino, digo,

—Ya debería tener un párrafo de cada uno de ustedes describiendo cómo será su autorretrato, —anuncio en el sexto período.

Me abanico con una carpeta que tomo de mi escritorio. Estoy teniendo un bochorno. Comenzó cuando entró Asher al salón y no ha parado.

Peor que el calor es el latido incesante entre mis piernas.

Estoy en una habitación llena de transformistas. Literalmente todos podrán oler mi excitación si prestan atención. Necesito controlar esto.

—Asher, no tengo el tuyo. Si quieres jugar el próximo partido, necesitas venir a verme ahora mismo. El resto pueden empezar a trabajar en sus proyectos. —Mi estómago se tensa cuando Asher se levanta de su silla y se acerca al frente de la clase.

Levanto bien la cabeza a pesar de la ola de mareo que me invade cuando se acerca. Apenas puedo respirar; el aire se siente demasiado pesado y cargado.

Como acordamos, él se está encargando de mis necesidades. Viene cuando oscurece y entra a mi casita con la llave que le di. Pero ha sido distante. Estuvo enojado. Cada encuentro me deja simultáneamente satisfecha y vacía.

Hoy, siento una presión que no sentí antes. Es una presión biológica, creo, al menos viene de mi loba. Pero no por tener sexo.

¿Para calmar a mi pareja? ¿Para conectarme con él?

No lo sé. Todo lo que sé es que todo se siente demasiado mal, y que apenas puedo pensar.

Me pongo firme, incluso cuando Asher se acerca demasiado e invade mi espacio como una torre ante mí, así que tengo que inclinar mi cabeza hacia atrás para mirarlo a los ojos.

Espero que no se dé cuenta de que no digo en serio lo de dejarlo en la banca. Simplemente no quiero pelearme con él. Está enojado conmigo. Me tiene bronca.

Y me lo merezco.

Está rebelándose, como el chico malo y rebelde que siempre ha sido.

Ese no es el lado suyo que quiera sacar a la luz, y dibujar una separación en la arena es sólo una forma de continuar con este dilema.

—Ignoraré el requisito del párrafo escrito si puedes verbalizarme ahora qué planeas para tu autorretrato.

Las cejas de Asher se levantan. Él se mete las manos en los bolsillos de sus vaqueros gastados y mira por la ventana.

—Si no tienes ninguna idea, me gustaría ayudarte a pensar en algo.

Su mirada se arrastra de nuevo a la mía.

—No, tengo una idea. —Hay un brillo pensativo en sus ojos verdes como el mar.

Es mi turno de sorprenderme.

—Bueno. ¿Cuál es?

—Un proyecto multimedia. Un collage, supongo. Con otras cosas también.

Al principio creo que sólo está tirando humo y que en realidad no tiene una idea o un plan, pero luego dice,

—Necesito uno de esos lienzos pequeños. —Sostiene las manos en la forma de un cuadrado del tamaño de la pequeña pintura de nosotros que me robó.

Oh. Mierda. ¿Eso significa algo?

No, es probable que no. Estoy analizándolo demasiado. Pero es demasiado difícil estar parada derecha con él tan cerca. Me balanceo.

Odio esta pérdida de control. Odio intentar navegar una relación con mi estudiante más complicado cuando todo lo que puedo pensar es en quitarle la ropa. Todo lo que quiero es sentir sus manos sobre mí.

Ahora estoy temblando.

—Bueno. Genial, —espero sonar tan alegre como lo intento.

Doy una vuelta alrededor de mis lienzos grandes para encontrar un marco de doce centímetros para él. Por supuesto, él me sigue.

Cuando volteo para dárselo, está allí mismo.

Contengo las lágrimas de frustración. No por él. No por la situación. Puedo con todo esto. Con lo que no puedo es con la pérdida completa de control sobre mi propio cuerpo. La forma en la que mi loba intenta salir y hacerme sentir como que me partirá al medio.

Asher me toma por la nuca. Su gran mano me sostiene, pero en vez de aliviarme, su caricia sólo me hace querer llorar aún más. Pestañeo con fuerza contra las lágrimas que se apresuran en salir.

Esta no es una persona en la que pueda confiar.

Puede que yo quiera confiar en él, y que él físicamente

sea seguro, pero emocionalmente no estoy a salvo con este tipo. Ni siquiera un poco.

Sigo estando sola, sigo siendo un pez fuera del agua, al igual que en la universidad, pero ahora al revés.

Las cejas de Asher se bajan de pronto. No toma el lienzo que le paso, sino que toca mi rostro con ambas manos.

Una lágrima cae por mi rostro.

La limpia con el pulgar y sacude la cabeza lento, calmándome en silencio.

Quiero alejarme, pero soy incapaz. Se siente demasiado bien que me toque. Cada lugar que tiene contacto con él electrifica mi piel. Absorbo su esencia.

Él me acerca más y presiona sus labios en silencio sobre la parte superior de mi cabeza.

—Está bien. —Él apenas susurra las palabras contra mi cabello. Nadie lo escucharía.

Su mirada va rápido hacia la ventana.

Giro, pero no hay nadie allí. Él sólo estaba vigilando por nosotros. Por mí.

Soy la que sufriría las consecuencias si nos descubrieran.

—Gracias, —dice con una voz normal, tomando el lienzo de mis dedos temblorosos.

Mi cabeza tiembla mientras intento decir,

—Claro. —Me aclaro la garganta—. Dime si necesitas algo más.

—Ah, *necesitaré* más. —Suena como una amenaza.

Mi vagina se contrae. Vuelvo a sentirme mareada. Me alejo rápido y me tambaleo un poco como un marinero borracho y luego me enderezo.

No sé cómo lograré sobrevivir el resto del semestre. Si fuera inteligente, empacaría mis cosas y me iría de la ciudad ahora mismo.

A la mierda con el trabajo.

Pero ya veo la pared de ladrillos con la que me estoy por chocar. Un gran choque horrible que es inevitable para mí. Y ni siquiera sé con cuál de las paredes que se avecinan de todas las direcciones espero chocarme. Todo lo que deseo es que no me destruya por completo.

Capítulo dieciséis

sher

Una vez más, me perturban las lágrimas de Lotta y mis compañeros de equipo lo sufren.

El entrenador Jamison me sopla el silbato cuando tiro a Seb tres metros en el aire.

¿Por qué lloraba? La última vez estaba seguro de que no era algo que yo hubiera hecho. Le di lo que necesitaba, y ella simplemente no lo *necesitaba*.

Pero esta vez, una sensación persistente y terrible me dice que es porque he sido un bastardo con ella. ¿Es posible que le importe cómo me siento con ella?

¿Que le duela cuando soy cruel?

De algún modo pensé que a la pequeña con poca autoridad no le importaba una mierda yo, ni el hecho de que la odie. Pensé que no le importaba una mierda lo que me había hecho porque se fue de la ciudad sin darme ninguna explicación. Ella se mantuvo alejada por más de cuatro años.

Aquí he estado castigándola sin parar, sin creer que tenía ningún efecto.

Seb suele ser relajado, pero no aprecia aterrizar sobre su

espalda desde tanta altura. Se levanta con un gruñido e intenta tirarme. Choco contra él al mismo tiempo y nuestros cuerpos se encuentran con un gran golpe.

—Amigo, ¿cuál es tu problema?

Muevo los hombros debajo de las hombreras y acomodo la cabeza para que me suene el cuello.

—Nada. Perdón, amigo.

Después de la práctica, me ducho. Saber que Lotta está en el edificio hace que ducharme con los chicos sea insufrible. Me obligo a no pensar en ella. A no recordar que está cerca. Que podría fácilmente levantar ese pequeño cuerpo suyo, ponerlo contra la pared, y mostrarle cuánta agonía me causa.

Hoy, pensar en esas lágrimas hace que no se me pare en la ducha.

Recordar el aroma salado me pone nervioso. La necesidad de solucionar lo que sea que la esté molestan me consume.

Me tomo mi tiempo para secarme y empacar la mochila para irme. Luego me siento y saco el teléfono, mirando la pantalla, intento formular un plan.

—¿Necesitas acabar, Asher? —El entrenador Jamison me sorprende y me saca de mi sueño. Está inclinado contra los casilleros, mirándome.

—Oh, eh, no, entrenador.

—¿Problemas de lobas?

—Ah, en realidad no. Bueno, sí. En parte.

El entrenador sonríe.

—¿Cuál es?

—No lo sé. Son confusas, ¿verdad?

Él se ríe.

—Ciertamente son más complicadas que nosotros. Suena a que necesitas una cita. Conectar con tu chica lejos de la escuela y de la manada, así podrán conocerse como personas. ¿Todavía no lo has hecho?

Intento alejar la imagen de darle anoche a Lotta en cuatro en medio de esa cama enorme que tiene.

—Eh, no. Esa es una buena idea, entrenador. —Me paro y paso mi mochila sobre mi hombro y miro hacia atrás a la pantalla de mi teléfono. Quizás el entrenador tiene razón. Una cita convencional no es posible, pero cambiar un poco las cosas no estaría mal. Una idea empieza a formarse en mi mente mientras salgo del edificio, y le envío un mensaje a Lotta.

Encuéntrame en la vieja luz parpadeante a las seis. Llevaré la cena.

* * *

Lotta

La «vieja luz parpadeante» ahora en realidad es un semáforo normal, pero solía ser un semáforo que parpadeaba en rojo en un cruce entre la ciudad y los pases de montaña. Una señal de alto para los cuatro caminos entre las carreteras.

Hay un viejo edificio abandonado que solía ser un restaurante que alguien debería derrumbar. Pero hay muchas cosas en Wolf Ridge que no han cambiado en los últimos ciento veinte años desde que los transformistas lobo se asentaron aquí, muchas cosas que necesitan actualizarse.

Llego y estaciono detrás de un edificio abandonado, así que mi coche está escondido de los caminos.

Es un lugar extraño para encontrarse y no sé qué tiene en mente Asher, pero en realidad estoy agradecida de que me exija romper las reglas que establecimos. Puede que necesite sus caricias todas las noches, pero no sé si podría soportar otro «servicio» frío cuando oscurece en mi casa.

Sigo pensando en el beso en la parte superior de mi cabeza que sucedió en mi salón hoy. De todas las cosas que me ha hecho Asher, parece una poco probable, pero me da ternura.

Me llega a mi lugar necesitado.

No fue sensual. O duro. O dominante.

No fue con enojo o frialdad.

Hubo empatía y compasión que se registró en mi cuerpo como un fósforo que roza contra una piedra. Encendió algo diferente que la pasión.

Diablos.

¿Intimidad?

Mi pulso se acelera y mis palmas sudan. Abro la puerta de mi coche y me bajo para calmar la ansiedad de mi loba. ¿Ella quería intimidad o sólo necesita sexo? Tiendo a pensar en mi loba como algo puramente físico. Como mi lado no pensante. Una necesidad biológica.

Así que quizá soy yo, la artista solitaria, que anhela conexión.

Esa idea se retuerce y se traba como un hilo enredado. La confusión me cubre como una niebla densa. Pensé que había entendido todo: reprimir a mi loba para darle camino a mi arte.

Cuando estar cerca de mi pareja destinada lo hizo imposible, esperé reprimir cualquier conexión emocional para no quedarme estancada aquí en Wolf Ridge, embarazada a los veintidós, olvidando mis sueños.

Pero no sé qué hacer con el anhelo que Asher inspira en mí y no es sexual.

No sé qué hacer con todos mis planes cuidadosamente pensados que él está haciendo pedazos.

Detecto el sonido de una motocicleta que se acerca y contengo la explosión de placer que se detona en mi cuerpo. La adrenalina de saber que estoy a punto de verlo.

Saber que ciertamente tendré sexo esta noche. Asher siempre se encarga de mis necesidades.

Intento calmar a mi corazón cuando llega con unas gafas envolventes; sus músculos se abultan debajo de su camiseta ajustada. No lleva casco, lo que sólo es una ley estatal si tienes menos de dieciocho en Arizona. No es necesario para un transformista, aunque un accidente muy malo con fractura de cráneo ciertamente podría matarnos.

Alejo la preocupación por Asher de mi mente. Es fuerte y saludable. Totalmente alfa. Nada le sucederá. ¿Por qué pensar en él en un accidente me hace quedarme sin aliento? ¿Por qué ya estoy segura de que mi corazón se haría trizas si no estuviera bien?

Él estaciona pero no apaga la moto. En vez de eso, mueve la cabeza y me llama.

Miro a mi alrededor para ver si algún coche se acerca por la carretera.

—No dejaré que nadie te vea conmigo. Destino, ¿cuándo me enamoré de su voz tan ronca y profunda? —Lo prometo.

Intento contener esa emoción que empieza a revolotear en mi barriga. Esto no es romance. No estamos en una cita.

Él es mi estudiante.

Estudiante.

Esto es ilegal.

Por alguna razón, esa idea sólo lo vuelve más emocionante. He sido la artista callada durante toda mi vida. Con una loba de baja estatura, me entregué a la naturaleza alfa de mis compañeros, pero me diferencié por seguir mi pasión. El alto estatus de mi mamá en la manada aseguró que nunca me molestaran y que de todos modos me incluyeran en el grupo de la realeza.

Ahora parece que seré la chica mala.

Paso una pierna por encima de la motocicleta de Asher y me acomodo en el asiento detrás de él. Llevo una falda y ojotas; no es el mejor atuendo para andar en motocicleta.

De inmediato, Asher pone la moto en marcha y sale; hace que mis manos vuelen a su cintura para sostenerme.

Y, oh, guau. La forma de sus músculos resalta debajo de mis dedos. No puedo evitar que mis manos se deslicen debajo de su camiseta para sentirlos piel a piel. Su barriga tiembla cuando lo hago y me muestra que lo afecta tanto el contacto físico como a mí. Acaricio los contornos de sus abdominales con las manos moviéndose hacia arriba y abajo.

Mis bragas se mojan. Mientras Asher mueve la motocicleta en dirección al Bosque Nacional, dejo que mis manos caigan a su cintura y luego sostienen la parte superior de sus muslos. Deslizo las palmas hacia arriba y abajo de los muslos y las arrastro por dentro hasta encontrar el bulto de su verga. Su moto se desvía cuando acaricio su largo en donde yace contra su muslo izquierdo, haciéndolo crecer y estirarse. Su barriga vuelve a temblar.

Él levanta velocidad y toma un camino de tierra que claramente no ha tenido mantenimiento. Sólo un Jeep cuatro por cuatro o una motocicleta podrían conducir en este camino. Tengo que sostenerme de la cintura de Asher de nuevo cuando el recorrido se pone áspero. Mis músculos están duros, los de mi cuello y abdomen tensos, preparos contra los golpes y giros. Miro por encima del hombro de Asher para ver qué viene.

Y luego hay un momento en el que me entrego. Dejo de prepararme para cada salto y caída de la moto sobre los surcos profundos en el camino. Dejo de intentar controlar o manejar el recorrido. En vez de eso, amoldo mi torso al de Asher, inclino mi mejilla contra su espalda y me suelto.

El placer me invade. La emoción del paseo me recorre. Cierro los ojos y disfruto del delicioso aroma de pino Ponderosa y de rocas asoladas. Inhalo el aroma de mi pareja, cedro cálido y jabón. Un leve aroma a pan recién horneado. Ese olor masculino que lo distingue sólo a él.

Andamos media hora por ese camino dificultoso. No tengo idea de adónde me lleva. De qué planea.

De pronto, el camino del bosque da a una pradera hermosa, un valle metido entre las montañas. Asher deja de pisar el acelerador y gradualmente se detiene. Deja la moto parada y gira para tomarme por la cintura y facilitar mi descenso. Me bajo y admiro la belleza de nuestros alrededores, girando 360 grados.

Sólo entonces veo a Asher para intentar discernir qué estamos haciendo aquí.

—Corre, Lotta, —me dice con calma.

Pestañeo, sin entender. Sus palabras no coinciden con su tono, así que me lleva un momento asimilar su significado.

—¿Qué?

Le tiemblan los labios.

—Me escuchaste, corazón. *Corre*.

* * *

Asher

Lotta se quita las ojotas al mismo tiempo que sacude su top corto y realmente lindo cuando se lo saca.

De a poco me desabrocho el cinturón; tengo la mirada pegada a su cuerpito pequeño

La emoción aparece en el brillo de sus ojos azules, en la

velocidad con la que se desviste. Escuchó la provocación en mi voz, pero sabe que es un juego.

Se baja la falda y las bragas y luego se desabrocha el sostén. Sus pezones están duros, extendidos hacia afuera como dos puntos firmes. Pero no puedo quedarme mirándolos porque en un segundo se pone en cuatro patas, y se vuelve un pelaje blanco borroso que sale corriendo de mi lado.

Le doy algo de ventaja. Mi lobo es más grande.

Mucho más rápido.

Además, me gusta cazar. Quiero perseguirla.

Si fuera demasiado fácil atraparla, el resultado no sería tan delicioso. Me tomo mi tiempo para desvestirme; ahora no sigo sus movimientos de forma deliberada. Tomo su ropa y la mía y las cuelgo de mi moto; luego recojo la manta acolchonada que metí en una bolsa y la estiro en el lugar que elijo de la pradera. De la otra bolsa, saco la comida de picnic que empaqué: carne, queso, fruta, nueces, y vino. No es difícil convencer al empleado de la tienda de venderte vino cuando ambos son transformistas. Sabe que lo metabolizamos demasiado rápido como para que nos afecte una botella de vino.

El sol está empezando a ponerse, y baña las laderas con tonos naranjas y dorados. Me transformo, salgo corriendo en dirección adonde desapareció, con la nariz en el suelo para seguir su aroma delicioso. Lo encuentro fácil y tomo velocidad; la emoción de correr como mi lobo se mezcla con la necesidad insaciable de cazar, atrapar, y devorar a Carlotta James.

Corro más rápido, el instinto se apodera, pero luego pierdo su aroma.

Mi pareja tramposa.

Giró en algún lugar. Me detengo, doy la vuelta, y vuelvo

a seguir su rastro. Me lleva unos minutos darme cuenta de que dio un salto gigante desde una de las piedras a la tierra que hay debajo, pero vuelvo a sentir su aroma y salgo corriendo.

Corro hacia adelante y mis patas se hunden en la tierra suave mientras subo en elevación. Veo un destello de pelaje blanco en los árboles y giro en diagonal para interceptarla. No quiero atraparla, pero salto y termino teniéndola debajo de mis dos patas.

Ella gira y me muestra su barriga y garganta. Se somete ante mí, su pareja. Me desespera volver a transformarme y hacérselo sin parar.

Pero quiero que disfrute de la manta que preparé, así que la suelto y le doy una mordida ligera para hacer que vuelva a bajar la montaña. La persigo, muerdo, y llevo para abajo hacia la pradera, disfrutando de la forma en la que ve el lugar de nuestro picnic de a poco y luego sale corriendo hacia allí.

Mi lobo enloquece con la necesidad de tenerla.

Llegamos a la manta en segundos; ambos nos transformamos en humanos antes de bajar.

Mía, ruge mi lobo.

Ignoro el hecho de que no es verdad, y la traigo más cerca de las piernas, tirándola boca arriba y separándolas bien. La lamo al mismo tiempo que pellizco ambos pezones.

Ella grita asombrada y luego gime para consentir. Meto la lengua entre sus pliegues suaves, la exploro con agresión, y se lo hago con la lengua, succionando sus labios en mi boca.

No hay nada matizado en comerla. Consumo a mi pareja como si fuera mi última comida. Como si de no hacerla venirse en el próximo instante, nuestras vidas terminaran.

Sus caderas se retuercen y se mueven; sus piernas aprietan mis hombros. Sigo pellizcando y tirando de sus pezones, haciéndolos una bola con los dedos y luego apretando sus tetas con fuerza.

—Por favor, Asher.

Me encanta cuando ruega.

—Por favor, no puedo soportarlo.

Dejo de succionar su clítoris y levanto la cabeza.

—Puedes y lo harás. —Muevo la lengua sobre su parte hinchada.

Ella se queja.

—*Por favor,* Asher. Te necesito adentro de mí.

—Te vendrás primero con mi lengua. Luego te vendrás encima de toda mi verga. Luego me vendré dentro de tu trasero.

Eso es todo lo que toma: mi hermosa pareja se viene sólo con palabras. Su trasero aprieta fuerte y sus caderas se levantan de la manta, empujando su vagina chorreante contra mi rostro. Tomo su trasero en mis manos y pongo toda la boca encima de ella, succionando mientras sus músculos aprietan y laten contra mi boca.

—Eso es, bebé, —murmuro entre lamidas—. Sabes tan bien cuando te vienes encima de toda mi lengua.

Lotta se vuelve salvaje, se sienta y me tira al suelo. Se sube encima de mi cintura y toma mi erección abultada. Gruño con el contacto; mis bolas ya están a punto de venirse.

Pero me obligo a ir relajarme. Quiero más que sexo desenfrenado esta noche.

Quiero a Lotta.

Todo de ella.

Ella levanta las caderas y baja encima de mi verga; sus ojos se ponen en blanco con un gemido.

Tomo sus caderas, pero todavía no la guío. Quiero sentir sus revuelos. Aprender el baile que hace cuando la dejo seguir su propio placer.

Ella se acomoda, me lleva incluso más profundo, jadea. Sus ojos brillan de color verde. Es tan exquisita, con su cabello largo y grueso que cae como cascada sobre sus hombros; la curva de sus mejillas se destaca con un color sonrojado.

Un movimiento de sus caderas y mi verga se pone aún más larga.

Agarro sus caderas con más fuerza, pero todavía no tomo el control. La dejo saborear el control, buscar su placer. Sus manos caen en mis hombros; su largo cabello me hace cosquillas en el pecho. Ella se mueve hacia adelante y atrás sobre mi raíz. Está muy resbaladiza; sus flujos caen hasta mis bolas.

—Muéstrame lo bien que te mueves sobre mi verga, —gruño.

Sus uñas marcan mi piel mientras toma velocidad. Ella encuentra un risco interno contra el que le gusta frotar la cabeza de mi verga. Sus caricias cortas y rápidas reúnen más y más tensión sexual, pero me obligo a esperar.

Tengo planes para su trasero esta noche. Obligo al aire a salir por mis fosas nasales y a exhalar entre mis dientes.

—Vente en mi verga, bebé. Muéstrame lo mucho que te gusta montarla.

El gemido de Lotta suena alocado. Me distraigo de la necesidad que crece en mis bolas al mirar el placer de Lotta que crece y crece.

Ella se pierde a sí misma, tira la cabeza atrás y eleva las tetas al cielo y pasa a agarrarme por detrás de los muslos. Ella es una diosa, sus pechos rebotan, su espalda se arquea mientras se mueve hacia adelante y atrás sobre mi verga.

Su respiración se vuelve frenética. Ella vuelve a agarrarme del pecho y me lleva profundo mientras se mece sobre mi miembro.

Lamo la yema de mi pulgar.

—Vamos. Muéstrame cómo tomas mi verga cuando acabas. —Llevo mi pulgar contra su clítoris y presiono.

Ella convulsiona de placer; sus paredes internas aprietan alrededor de mis caderas, sus músculos internos se contraen y laten.

No sé cómo logro no venirme. Las estrellas bailan frente a mis ojos. Rechino los dientes. La necesidad de marcar a Lotta es tan fuerte que me sorprende no darla vuelta boca arriba y hundirle los dientes en el hombro. No marcarla por siempre con mi esencia. No tomar su libertad como mi derecho.

Pero me obligo a no moverme hasta volver a tener el control. Sólo entonces muevo nuestros cuerpos para estar encima. Estoy a punto de salir y decirle que se dé vuelta cuando veo algo de miedo y vulnerabilidad en su expresión.

En mi mente, ella está encima. Sigue siendo mi tutora, y sigo siendo su estudiante enamorado. Ella es mi profesora. La chica que una vez me destruyó. Olvido que tengo el poder de lastimarla, no sólo física, sino emocionalmente también.

Ella estaba llorando hoy en su salón por nosotros. La traje aquí para compensárselo.

—Buena chica, —felicito su obediencia. Tomo su mandíbula en mi mano y la beso, uniendo mi boca con la suya, mi lengua se mete en su boca. Es demandante, pero no violento como nuestro primer beso. Nuestro único otro beso.

Mis caderas se mecen, el largo duro de mi verga dolorida se desliza entre sus flujos.

Me doy cuenta de que es un beso necesario, uno que no

sabía que necesitaba tan desesperadamente. Voy más lento y exploro sus labios con los míos. Son suaves, infinitamente suaves, y tras un momento, empieza a devolverme el beso.

—Eres hermosa. —Acaricio su cabello hacia atrás.

Sus ojos vuelven a ser azules, me miran con ese dejo de vulnerabilidad. Como si ella no quisiera que le importara yo ni lo que piense de ella, pero así es.

—Hermosa. Y mía. —Vuelvo a besarla antes de que pueda rebelarse ante esa declaración. Esta vez, le hago el amor a su boca. Acaricio sus labios con los míos, cambiando de ángulos, probándola. La beso y muerdo su cuello, salgo para ir más abajo y muevo la lengua alrededor de su pezón izquierdo.

Ella gime despacio. Es un sonido al que podría acostumbrarme por el resto de mi vida. Y por primera vez, considero lo que podría ser mi vida.

Le dije a Abe que nunca reclamaría a Lotta. No es verdad.

La verdad es que la reclamaría en un santiamén si pensaba que me aceptaría. La reclamaría, y haría lo que fuera necesario para hacerla feliz.

La muevo con gentileza boca abajo y tomo la mochila donde estaban las cosas empacadas del picnic. Hay una botella de lubricante allí que planeo usar.

Meto los dedos entre sus piernas y acaricio por encima de su hendidura empapada con una mano, mientras con la otra destapo el lubricante.

Separo sus nalgas y pongo algo de lubricante sobre su agujero de atrás, luego lo masajeo alrededor del pimpollo cerrado.

Lotta se retuerce encima de la manta.

—¿Lo tomarás en el trasero como una buena chica? —Penetro su agujero trasero con uno de mis dedos, estirando con gentileza y preparándolo para hacer lugar para mi verga.

Lotta me mira por encima del hombro. La sutil preocupación en su expresión me dice que es virgen analmente.

Me inclino hacia adelante y beso su hombro, reconfortándolo.

—Haré que sea bueno para ti, —le prometo—. ¿Me crees?

Sus párpados se cierran y ella asiente.

—Sé lo que necesita tu cuerpo, ¿no es así, bebé? —Mis dedos penetran su sexo jugoso mientras mi pulgar estira su agujero trasero.

Ella gime.

—¿Quieres más? —Nunca obligaría a una mujer, ya sea mi pareja o no. Puede que sea dominante, pero no soy un pendejo.

Ella duda, es claro que está todavía un poco nerviosa, pero sus caderas se retuercen.

—Sí.

—Dilo. Di, *por favor házmelo por el culo, Asher.*

Su vagina aprieta mis dedos.

Le muerdo la oreja, beso el costado de su cuello.

—Dilo, —la aliento, murmurando contra su oreja—.

—Por favor házmelo por el culo, Asher.

No debería tomarlo como una victoria, pero mi lobo levanta el puño en el aire. Está dando un salto hacia atrás en la zona de anotación. Como si pensara que acaba de ganarse el corazón de Lotta, no sólo su consentimiento para más placer.

Me arrodillo detrás de ella, separando bien sus piernas con un empujón de mis rodillas. Separo sus nalgas y alineo la cabeza de mi verga con su entrada posterior. Aplico una presión lenta pero firme, esperando que se abra para mí antes de traspasar su entrada. Tomo el cabello de Lotta desde atrás y la levanto.

—¿A quién le pertenece este hermoso trasero? —Pregunto con un gruñido.

—A ti, —jadea.

Meto la cabeza de mi verga en ella; luego giro por el frente de sus caderas para acariciar su clítoris mientras presiono, un centímetro a la vez. Siento el momento en el que se relaja de prepararse contra la intrusión del placer. Todos los músculos de su espalda, trasero y suelo pélvico me permiten entrar. Su vagina chorrea con excitación.

Hundo dos dedos dentro de ella mientras muevo la verga lento adentro y afuera de su trasero.

—Oh destino... destino, destino, destino, —repite.

—Así es, hermosa. ¿Tomarás mi gran verga de lobo en el trasero ahora mismo, no? ¿Te gusta eso?

—Sí. —Sale como un suspiro. Sus dedos toman la manta.

Intento no empujar demasiado fuerte cuando crece mi emoción. Tengo que contener mi necesidad de dominarla con la misma urgencia que tengo de cuidar a mi pareja.

Esto no es un castigo. He tenido sexo de odio con ella antes, pero ahora me doy cuenta de que la estaba lastimando. Puede que hubiera querido su dolor, o pensaba que lo quería, pero ahora que me he ganado sus lágrimas, quiero golpearme la cara.

—Buena chica, —la felicito—. ¿Me estás tomando como una buena chica, verdad, corazón?

Ella se abre aún más para mí. Agrego un tercer dedo en su vagina, mientras mi pulso se dispara.

—Acabaré en tu trasero y luego te sentarás en mi regazo mientras te alimento. ¿Entendido? —Lo digo como si fuera un castigo. Es sólo dominancia pura, dejarle saber que es mía para hacérselo. Mía para reclamarla. Mía para cuidarla.

Ella grita y ya no puedo esperar. Me muevo hacia su trasero cerrado; mis bolas se tensan justo antes de enterrarme y liberarme.

—¡Oh... oh! —grita.

Gruño y tiemblo mientras los movimientos continúan en mis bolas y derramo aún más semen en su interior.

Una vez que estoy seguro de que no perderé el control accidentalmente y la marcaré, bajo la cabeza para besar su hombro y cuello y un lado de su rostro. Ella lo voltea y tomo sus labios en un beso apasionado.

—Buena chica.

* * *

Lotta

Buena chica.

Esta noche es la primera vez que Asher usa esas palabras conmigo.

Deberían sonar mal viniendo de mi estudiante, ¡*mi estudiante!*, pero en vez de eso, me llenan de calidez.

Ahora que se ha suavizado, veo cuánto me afectaba su enojo. Es inquietante lo mucho que anhelo su aprobación. Antes de esta noche, habría jurado sin dudar que no lo necesitaba nada suyo, ni de nadie en esta ciudad, pero habría sido una mentira.

Lo que quiero de Asher es más que perdón o siquiera sexo.

Estoy buscando algo más profundo. Estoy buscando esa conexión espiritual. Esa sensación de que alguien me ve y me acepta por quien soy, no sólo por quién quiere que sea.

He tenido muy poco de eso en mi vida.

Y este gran hombre bruto empieza a hacerme creer que sí me ve. Todavía no me acepta, pero me conoce. Me presta atención. Responde a mis estados de ánimo. A mis necesidades.

Y no debería querer su aceptación, pero maldición, así es.

Quiero su amor. Su aprobación. Quiero curar la herida de nuestro pasado. Quiero sanación y plenitud con él.

Mierda.

Lo quiero todo.

Y eso está tan mal.

No puedo tenerlo todo. Lo aprendí a la fuerza cuando decidí rechazar a la manada y convertirme en artista.

Me quedo inmóvil cuando Asher sale de adentro mío. Me ha sacado tanto placer que no recuerdo si me sé el abecedario ahora mismo. Acaricia mi columna con su gran mano y aterriza tomando mi trasero con fuerza y luego golpeándolo gentilmente.

Estoy demasiado bendecida como para moverme. Mi ano está dolorido, pero mis extremidades están sueltas y pesadas, y siento como si flotara en una nube.

Es una locura lo mucho que le confío mi cuerpo a un tipo que me odia.

Pero en realidad no me odia por completo, ¿verdad?

—Arriba, bebé. —Asher levanta mi cuerpo inerte en una bolita, así estoy boca arriba en sus brazos. Me apoya en un muslo, mis piernas cruzadas sobre su regazo para poder inclinarme hacia atrás contra el círculo de su brazo.

Es el cielo.

Me encanta ser abrazada y protegida por su fuerza. Me encanta estar piel con piel con él en un estado de languidez post coito. Me encanta que su aroma bañe mi cuerpo, así no sé dónde termina el suyo y dónde empieza el mío.

Meto el rostro contra su cuello y suspiro. Su verga se mueve contra mi trasero y me recuerda dónde acaba de estar. Lo sucio y dominante que puede ser este gigante ahora gentil.

Él nos acerca la bolsa y saca un pan que debe estar recién horneado en Wolf Ridge Sweet Treats.

Me hace ruido el estómago.

Él me lo pasa.

—Aquí, abre esto y arranca un poco. Hay carne y queso para acompañarlo. —Saca una variedad de cosas de picada, incluyendo frambuesas orgánicas, aceitunas, alcachofas y quesos gourmet. Luego nos sirve una copa de vino a cada uno.

No quiero hacerlo, debe ser el bajón post sexo, pero las lágrimas empiezan a aparecer en los bordes de mis ojos y hay un temblor en mi mentón.

¿Por qué lloraría?

Escondo el rostro en el cuello de Asher de nuevo, conteniendo la respiración para suprimir la necesidad.

Asher me acaricia el cabello y luego sostiene la parte de atrás de mi cabeza. Debe notar que no estoy respirando porque toma mi rostro para mirarme.

Antes de poder detenerlo, se me caen un par de lágrimas por las mejillas.

—Oh, bebé. —Hay algo de ternura en su voz. Él vuelve a sostener mi cabeza sobre su hombro y masajea la parte de atrás.

Estoy tan agradecida de que no pregunte cuál es el problema.

Soy demasiado orgullosa como para decirle que se trata de él. Que el que me mostrara este nivel de vulnerabilidad y atención me hizo llorar.

Él inclina la cabeza contra la mía.

—Empecemos de nuevo, —murmura—. ¿Podemos hacer eso? ¿Sólo olvidarnos de todo lo que fue nuestro pasado?

—Sí. —Lloro—. Eso me gustaría. —Me acomodo aún más contra él; anhelo la comodidad que me da.

Él responde pasando su brazo con más firmeza a mi alrededor.

—Olvida todo lo que no sea este momento. Quienes somos aquí, juntos, en nuestra pradera.

Asiento contra su hombro, luego analizo sus palabras.

—¿Nuestra pradera?

—Sí. Es esta, ¿verdad? ¿La de tu cuadro?

Levanto la cabeza y mis lágrimas se secan con la distracción.

—¿Qué?

Asher mueve su palma abierta frente a nosotros, como si presentara el majestuoso paisaje.

—¿Este valle?

Me quedo mirando las formaciones rocosas y la pradera en frente de mí, y destellos púrpuras, azules, y grises giran en mi brocha y toman forma en el ojo de mi mente. Las rocas y las montañas toman una forma familiar. Imagino pastizales de pradera decorados con amapolas mexicanas e inhalo profundo.

¡Tiene razón! Este es el paisaje del pequeño cuadro nuestro que me robó. Giro el cuello para mirar alrededor. Oh, guau. Este es exactamente el paisaje de al menos la mitad de mis cuadros. Todos los que tienen dos lobos, uno negro y uno blanco. El ying y el yang.

Mi pulso se acelera. La piel de gallina aparece en mis brazos y en mi nuca.

—Asher, —no tengo aliento— nunca antes estuve aquí.

Él me mira y sus cejas se levantan.

—¿Nunca?

Niego con la cabeza.

—¿No has estado aquí antes de esta noche? —repite, como si no pudiera creerlo.

El llanto se traba en mi barriga. Luego sube por mi garganta, pero no sé por qué. Tiene algo que ver con la magnitud de que yo nos pintara a ambos en un lugar en donde tendríamos nuestra primera cita real, mucho antes de saber algo. Antes de que supiera que Asher era mi pareja. O de que siquiera supiera que me estaba pintando a mí misma y a mi pareja destinada y no a dos lobos simbólicos de mi imaginación que no existían.

Los brazos de Asher se tensan aún más a mi alrededor.

—Has estado pintando tu futuro, —murmura contra mi cabello—. *Nuestro* futuro.

El llanto encuentra su forma de salir en una respiración temblorosa y silenciosa.

—Eso es... una locura. O sea, no sé cómo sería posible.

Escucho una risita de Asher, o más bien, siento el cosquilleo ligero de su respiración en mi cabello.

—¿No crees que tu loba conocía nuestro futuro?

Me cubro la boca con la mano y contengo el tsunami de llanto que erupciona.

—Guau.

Asher frota mi espalda subiendo y bajando la mano y meciéndome gentilmente como si fuera un bebé.

Ni siquiera sé cómo explicar la enormidad de mis emociones, pero Asher las adivina.

—El problema es que crees que el arte y los lobos no se mezclan. —Él sigue meciéndome. Me parece difícil creer que este sea el mismo bravucón del salón que lidera con una actitud belicosa y rebeldía. Ahora mismo parece mucho más sabio de lo apropiado a su edad—. Eso es porque tus padres son estúpidos.

Dejo salir una risa llorosa.

—Reprimiste a tu loba pensando que no era compatible con el arte. Ella se volvió tu musa. Quizá pensaste que la mantendrías siempre allí. ¿Estoy cerca?

—Sí. —Las lágrimas caen por mi rostro y lucho por respirar profundo. Sigo sin entender por qué estoy llorando. Sólo sé que el que Asher verbalice lo que he estado viviendo a solas por años me está sanando.

—¿Y si.. qué pasa si no es algo separado de ti, Lotta? Creo que podrías estar entendiéndolo al revés.

Me limpio los ojos con la punta de los dedos.

—¿Y si ella no es algo separado de tu arte? Podría ser parte de tu genio creativo, no lo que lo frustre.

No puedo creer que Asher siquiera conozca la palabra *frustrar*. Este jugador cabeza hueca que se niega a completar algún trabajo práctico en mi clase es mucho más inteligente y educado de lo que transmite. Cada palabra que dice es como una bomba de verdad que explota a mi alrededor.

—Creo que los transformistas solemos crear una separación entre nuestras dos partes. Decimos cosas como, *mi lobo se puso violento. Mi lobo no me deja calmarme. O mi lobo quiere esto, pero yo quiero aquello.* —Él me mira a los ojos y veo distancia allí, su herida—. Tú y yo, ambos intentamos separar la atracción de nuestros lobos del odio que nos tenemos...

—Yo no te odio, Asher, —digo rápido, necesito interrumpirlo—. ¿Eso es lo que crees?

El dolor se refleja en su mirada.

No entiende por qué lo lastimé tanto antes de irme. No quiero que sepa la verdadera razón por la que mi mamá hizo que echaran a su papá. Ella escondió esas actas del consejo para protegerme a mí y a mi identidad, pero yo quería que los escondieran para proteger a Asher. La verdad lo destruiría, aún más ahora que sabe que soy su pareja.

Se esfuerza en tragar.

—*Empecemos de nuevo.* —Parte de la rigidez vuelve a su voz y me golpea como una ola de frío.

Mi reacción debe ser evidente porque el arrepentimiento aparece de pronto en sus ojos pardos. Acerca su frente contra la mía y vuelve a susurrar.

—Empecemos de nuevo, Lotta. Este es nuestro comienzo, aquí mismo, ahora mismo.

Asiento y muevo mi frente junto a la suya.

—Este es nuestro comienzo.

Asher sostiene mi cabeza sobre su hombro y besa la parte superior.

—De todos modos, creo que creer que ambos somos entidades separadas en un cuerpo en vez de una entidad en dos nos jode.

—Pero nos gobiernan necesidades diferentes.

—Sí. Pero piensa en lo que podemos hacer cuando esas necesidades se alinean. Si pudiéramos estar en la misma página.

La resistencia sube por mi pecho. Esa oposición que solía empujar contra el deseo de mis padres para mí. Es una fortaleza de la que he dependido para sobrevivir sin familia ni manada. Si me confundo ahora, temo que perderé ese poder.

Me conformaré con quedarme en Wolf Ridge viviendo la vida que mis padres querían para mí. Seré una profesora de arte de secundario y criaré cachorros en la misma ciudad pequeña en donde crecí. Eso no es lo que quiero.

—No estoy en tu contra, Lotta, —dice Asher con simpleza, como si sintiera mi actitud defensiva creciendo—. Estoy aquí para ti. Equipo Carlotta, de principio a fin.

Me tiemblan los labios cuando forman una sonrisa reticente.

—Lo que sea que eso signifique, —dice. Apoya el cartón de frambuesas sobre mis piernas y lo abre; luego pone una en mi boca.

El sabor explota sobre mi lengua y parece magnificarse mil veces. Algo acerca de este momento de sensación amplifica mis sentidos. Lo disfruto: que Asher me sostenga en su regazo, las palabras *Equipo Carlotta, de principio a fin* que hacen eco en mis oídos, los últimos tonos púrpura que permanecen en el atardecer, las endorfinas de mis orgasmos que todavía me hacen flotar.

Esto no funcionará, insiste una voz en mi cabeza.

Sé que tiene razón, pero no me importa. Merezco este momento. Este nuevo comienzo con Asher.

Este momento, ahora mismo.

Otra voz susurra algo completamente audaz. Algo que ni siquiera me importa. Ella susurra,

Merezco amor.

Capítulo diecisiete

Lotta

El miércoles después del colegio, me encuentro con Olive en 603, un bar elegante de Cave Hills. Wolf Ridge no tiene nada elegante. No puedo pagar los tragos de quince dólares de este lugar, pero es mejor que ir al bar local y estar rodeada de miembros de la manada que se meten en tus asuntos.

También necesito el coraje líquido, aunque la sensación no dura tanto como para los humanos.

—¿Estás lista para esto? —Me pregunta Olive, sentándose junto a mí.

—Ni siquiera un poco. —Le sonrío débilmente—. Muchísimas gracias por hacer esto conmigo.

—¡Por supuesto! Tu arte es asombroso. Mereces estar en las mejores galerías del país.

Me río.

—Ni siquiera has visto lo que he estado pintando últimamente.

—Bueno, ¡recuerdo lo de la secundaria! Siempre fuiste una artista sorprendente.

No estoy segura de poder confiar en su opinión porque se basa en mi talento muy poco desarrollado antes de la universidad, pero es lindo que alguien me apoye. Este es el tipo de apoyo ciego que siempre quise de mis padres.

El tipo que tuvo mi compañero de piso malcriado, Andy, el pendejo creído que parece querer estar conmigo cuando viene a Arizona, pero que me dejó de responder sobre la presentación a la galería que visitará.

Esa es la parte que me hizo querer volver a contactarme con Olive por su ofrecimiento de ayudarme. Necesito salir de aquí y entrar al mercado. *No puedo* quedarme atrapada en Wolf Ridge enseñando arte por el resto de mi vida.

Pero un cambio inesperado aparece en mi pecho y acompaña esa idea.

Puede que quiera escaparme de Wolf Ridge, ¿pero qué hay de Asher?

Hasta esta semana, hasta nuestra cita del picnic, me había negado a considerar seguir con Asher más allá de este período enseñando.

Pero para ser honesta, sabía que eso era delirante. Apenas puedo pasar veinticuatro horas sin tener sexo con él. ¿En serio creo que me iré de la ciudad al final del año lectivo?

Más allá de la biología, me estoy encariñando. No es que no haya siempre sentido cosas por Asher. Me importaba mucho cuando era su tutora, antes de siquiera saber que era mi pareja. Pero ahora... soy adicta a su presencia. Quiero más tiempo con él del que me da. Quiero conversaciones y risas y comunión. Quiero todo de Asher. No sólo la parte física que quiere darme.

Más que nada, quiero su perdón. ¿Pero cómo puedo conseguirlo si no quiero que sepa qué sucedió en realidad, y él no quiere escuchar mi explicación de todos modos?

Olive pide un shot de tequila y se lo bebe rápido.

—Hagamos esto. —Ella me sonríe.

—Salud. —Tomo el resto de mi espresso Martini y pago ambos tragos, luego me bajo del taburete y me dirijo a mi coche.

Traje tres lienzos de un tamaño mediano conmigo porque no siento que las fotos representen con precisión lo que hago. Traje una pintura abstracta de un lobo que hice en la universidad, una muy realista de mi loba blanca en la pradera a la que me llevó Asher, y una divertida, estilo pop-art de un lobo pintado en naranja, rosa y azul fuerte.

Olive lleva uno y entramos a la primera galería, donde pedimos hablar con el encargado.

—No vemos arte no solicitado, —dice de mala manera una mujer rubia con un traje holgado desde donde estaba parada a mitad de la galería.

Me quedo helada.

Olive levanta el mentón.

—¿Cuál es el método de contacto que prefieren para los artistas?

—Nada no solicitado, —repite la mujer con firmeza.

Algunos clientes voltean y nos miran con desdén.

Agh. Esto es horrible. Ya me estoy yendo, mi cara arde.

Olive susurra,

—No dejes que esa perra te afecte.

—Tal vez esta no es la forma correcta de hacerlo, —digo, ya vencida—. Mi compañero de piso en la universidad tiene un contacto en una de las galerías de aquí. Le volveré a pedir que me presente.

—Bueno, sólo veamos si alguien es lo suficientemente amable como para contarnos cómo funciona. —Olive entra en la siguiente galería, a unos pasos.

El tipo prácticamente nos bloquea la entrada. Salta frente a mí mientras paso por la puerta.

—No puedes traer eso aquí dentro. —Luce preocupado, como si mis cuadros portaran una enfermedad infecciosa que se le contagiará al arte de su galería.

—¿Puede ayudarnos? Sólo intentamos ver cuál es el protocolo correcto para contactarnos con el dueño. Tengo que darle crédito a Olive por no esconder la cola ante su tono.

El labio superior de este tipo se levanta en una sonrisa engreída.

—Yo soy el dueño. Todo lo que hay aquí está cuidadosamente *seleccionado*. Tenemos citas con dieciocho meses de anticipación con artistas de todo el mundo. Ahora no estamos aceptando entregas.

—Entendido, —murmuro mientras me alejo por donde entré y empujo a Olive mientras lo hago.

—Pero sucede algo. —Olive toma los dos cuadros de mis brazos vencidos y los apila uno sobre otro—. No pueden vender arte a precios exorbitantes a menos que sean pedantes, así que todos serán pendejos.

Suspiro y empiezo a caminar hacia el coche. Esta claramente no fue la manera correcta de obtener contactos.

—Sólo necesitamos encontrar la forma de hacer que pienses que eres su próximo éxito. Que alguien los impresione con una llamada o algo. ¿Podría ser uno de tus profesores?

Me desinflo aún más.

—No lo sé. Mi programa estaba lleno de artistas asombrosos. No hay nada que me haga más especial que alguno de ellos. Nunca gané nada, ni nada parecido.

—Debe haber una forma.

—Olive, gracias. —Pongo mis brazos alrededor de su

cuello en un abrazo que no puede reciprocar porque está sosteniendo los tres cuadros—. Te agradezco tu confianza en mí, pero creo que debería irme a mi casa y reorganizarme. Intentaré contactar a mi compañero de piso de la universidad y ver si puede presentarme con alguno de estos lugares.

Olive se encoje de hombros.

—Bueno. Buen punto.

Llegamos al coche y abro el baúl para que Olive guarde los cuadros.

—Vamos, —dice Olive—. Yo invito esta ronda, amiga.

* * *

Asher

Odio la tarea. No debería haber dejado este ensayo hasta el último momento, pero siempre me falta tiempo con la escuela, las prácticas de fútbol y el trabajo los fines de semana en la panadería. Ahora que estoy saliendo por al menos una hora por las noches para ver a Lotta, se siente como si nunca fuera a ponerme al día con la tarea.

Son las 8:30 pm y estoy sentado frente a la portátil que me da el colegio en la mesa de la cocina, mirando el curso moverse. Tengo que entregar esta monografía sobre *La Odisea* mañana, y apenas llevo dos párrafos. Pasé toda la semana trabajando en el autorretrato que asignó Lotta. Supongo que eso es mi culpa: podría estar usando el tiempo de clase, como todos los demás, pero en vez de eso, prefiero fingir que la odio, molestar con mis amigos toda la hora, y negarme rotundamente a trabajar mientras me mira.

Pero la verdad es que, en algún momento después de robarme ese pequeño cuadro nuestro, empezó a importarme la idea de crear arte.

Arte que nos represente.

Arte que cuente una historia o tenga un mensaje. Arte que le muestre a Lotta lo mucho que me destruyó. Quizá también le dé una idea de lo que significaba para mí, lo que significa para mí.

He estado recortando pequeñas imágenes de revistas y coleccionando pequeños recuerdos, como el logo roto de una bolsa de Wolf Ridge Sweet Treats y el borde de la primera prueba de matemáticas en la que me saqué una A después de que ella empezara a ser mi tutora.

Ahora que sé que es mi pareja, no me siento desquiciado por guardar esta mierda. Por quedarme con su collar en mi mesita todos estos años.

Me suena el teléfono con un mensaje y miro hacia abajo, esperando que sea Abe o Seb o Markley.

Es Lotta. ***Por favor dime que vendrás pronto.***

Me tiemblan los labios y mi verga se pone gorda. Es la primera vez que me escribe Lotta. Por alguna razón, se siente como una pequeña victoria. Hay un nivel de confianza que pasamos después del picnic. ***¿Te sientes necesitada?*** Le respondo.

Sí. Necesito ahogar mis penas con algo mejor que un trago.

Esta verga definitivamente es mejor.

Hago una pausa, procesando lo que dijo. ***¿Qué penas?***

Meh. Olive y yo visitamos un par de galerías en Scottsdale, pero ni siquiera miraron mi arte. Está bien.

No está bien. Ahora quiero matar dragones por ella, pero no me imagino que entrar a atacar galerías de arte de Scottsdale sirva de mucho.

Intentaba terminar un ensayo, pero a la mierda con eso. Estaré allí en un momento.

Cierro la portátil. Mi mamá me mira por encima de la mesada en donde está preparando las comidas para los próximos días.

—¿Ya terminaste, cariño?

—Eh, todavía no. Pero me tomaré un descanso.

—¿Tienes novia, Asher? —pregunta mi mamá.

Mierda. Supongo que no he sido tan disimulado sobre esconder adónde voy.

No le mentiré a mi mamá. Los transformistas pueden oler las mentiras, así que lo sabría y sólo dolería.

—Sí. Algo así.

—¿Ese *algo así* significa que te vas a verla todas las noches?

Dejo salir un sonido de pesadumbre.

—Sí.

Mi mamá cruza los brazos sobre su pecho.

—Eso pensaba. —Parece contenta. Hay un brillo en sus ojos. Definitivamente no estaría allí si supiera a quién me escapo a ver.

—Bueno, estoy segura de que no necesitamos discutir el tema de la protección, ¿verdad?

—Definitivamente no, —respondo rápido—. Estamos bien.

—Entonces, ¿cuándo conoceré a esta chica?

Nunca.

Lo único peor que el que mi mamá se entere de que salgo con Carlotta James sería que *su* mamá se enterara. Ambas estarían horrorizadas, estoy seguro.

Nunca le dije a mi mamá que yo fui responsable de que echaran a mi papá, que yo fui quien le contó a Carlotta que estaba robando de la cervecería. Fue en un momento de enojo. Mi papá me había echado antes de que ella llegara a casa, y luego me avergonzó frente a ella, burlándose de mí por necesitar una tutora. Me dijo lento, según recuerdo.

Carlotta me defendió y lo corrigió. Le dijo que era muy inteligente y que mis notas habían mejorado mucho en los últimos meses.

Cuando me di cuenta de que mi papá iba a ser un pendejo con ella por corregirlo, la llevé hacia la puerta para salir, fingiendo que necesitábamos un libro de la biblioteca para la tarea de esa noche.

Ella me compró una hamburguesa en el restaurante Luna Nueva. Estaba de mal humor, quería rebelarme. Así que saqué a relucir todos los trapos sucios de mi papá y le conté que él le robaba a la manada quedándose con el dinero de los cargos de estacionamiento de la cervecería.

—¿Asher? —insiste mi mamá cuando dudo.

Mi mamá y yo nunca hablamos de eso, pero ella sabe que la mamá de Carlotta está en el consejo. Es probable que deduzca quién delató a mi papá.

—No lo sé, mamá. No estoy seguro de si las cosas funcionarán con esta chica.

La frente de mi mamá se arruga.

—Estás pasando todas las noches con esta chica, —señala mi mamá—. A mí me parece serio. ¿Sus padres lo saben?

¿Sus padres saben que lo está haciendo con uno de sus estudiantes? Eh, eso sería un no rotundo.

—No. Aún no. Como dije, mamá, no sé si las cosas funcionarán. Es todo algo nuevo.

Mi mamá me mira con escepticismo, pero no dice nada más.

Me vibra el celular con otro mensaje de Lotta. ***Trae la tarea y te ayudaré con eso.***

Mierda. Esa oferta no debería parecerme tan sensual, pero enciende esa obsesión de preadolescente que tenía con ella cuando fue mi tutora. Algo en mi cuerpo responde como si todavía tuviera trece.

Desenchufo la portátil y la pongo debajo de mi brazo antes de salir por la puerta trasera. Afuera hago una pausa y me doy cuenta de que mi mamá puede estar pensando en todas las casas que están a una distancia caminable y con lobas de mi edad.

Ah bien. Considerando que acaba de dejar en claro que ha estado atenta a mi comportamiento, es probable que ya haya notado que me voy por la puerta trasera a pie todas las noches.

Me oculto en las sombras y sigo el arroyo hasta la casita de Lotta. Encuentro la puerta abierta. Adentro, Lotta encendió velas y tiene dos vasos de agua con limón sobre la barra desayunadora que usa como mesa.

Algo extraño le pasa a mi corazón: un ruido doble o un rebote. Algo perturbador.

—Guau. Ey. —Me aclaro la garganta porque de pronto está apretada. Me acerco adonde está sentada y tomo su rostro, me acerco para besarla suavemente.

Sus labios se mueven contra los míos.

No estoy seguro de qué le sucede a ella, pero de pronto estoy despierto. *Vivo*. De vuelta en este planeta. No estoy seguro de dónde he estado hasta ahora, pero no era aquí. No estaba tan presente. No estaba parado mirando a la loba más hermosa del planeta, disfrutando de su aroma, deleitándome con el hecho de que me estaba esperando con velas encendidas y bebidas servidas, lista para ayudarme con el trabajo más mundano, pero necesario.

Y eso... se siente como *amor*.

Lo que casi me tira al suelo.

Pensar que Lotta podría cuidarme hace que mi corazón lata fuerte como si estuviera a la mitad de un partido de fútbol.

Cuando dejo de besarla, su mirada es dulce. Ella saca la banqueta que está a su lado y la toca.

—Vamos a terminar esa monografía. ¿De qué es el trabajo?

Me siento junto a ella. Se siente tan natural como respirar y también como una experiencia extra sensorial al mismo tiempo. Como si siempre hubiera pertenecido junto a esta hermosa mujer. Como si las cosas siempre hubieran sido tan sencillas entre nosotros. Como si nuestro destino estuviera asegurado.

La levanto de su asiento y la pongo sobre mi regazo. Su risa es rasposa y baja mientras muevo su cabello a un lado para besar el costado de su cuello.

—Primero la tarea. —Ella intenta usar su voz de profesora conmigo.

Mi verga se alarga contra su trasero suave. Su autoridad de clase me parece tan ardiente ahora mismo. De hecho, ahora que ya me cansé de odiarla, puedo admitir que es una profesora brillante. Su entusiasmo por la materia brilla en cada explicación. En cada trabajo práctico. Ama el arte y quiere que sus estudiantes lo amen tan profunda y locamente como ella.

Lo extraño es que está funcionando. El arte nunca antes significó nada para mí, pero ahora veo la belleza en él. Me provoca algo. En especial ahora que he sido testigo de la magia que tiene la musa de Lotta.

Cómo predijo nuestro futuro a través de su arte.

Paso la mano hacia el interior de su muslo.

Ella abre mi portátil.

—Me escuchaste, jugador. —Se baja de mi regazo para

pararse entre mis piernas y voltea a verme a la cara. Sus brazos pasan detrás de mi cuello—. Pero si eres un buen alumno, habrá una recompensa. —Su voz es seductora como una gatita, y ella mueve la lengua contra el lóbulo de mi oreja.

Toco su trasero y dejo salir un gruñido grave. No estoy segura de si lograré hacer la tarea sin hacérselo, pero por alguna razón quiero intentarlo. He sido todo lo contrario a un buen estudiante desde el día en que llegó a la secundaria Wolf Ridge. La estaba castigando por mostrar su rostro en mi colegio.

Ahora se siente incorrecto.

Sin quererlo, suelto sus suaves curvas y la giro para que mire mi portátil.

—Es una monografía sobre La Odisea. Se supone que escriba la historia desde la perspectiva de otro personaje.

—Bueno, ¿a quién elegiste?

—El cíclope.

La risa suave de Lotta me envuelve como una manta y apaga las últimas brasas de enojo que tenía hacia ella.

Miro fijo su perfil encantador mientras ella lee el par de párrafos que escribí y me doy cuenta de algo.

Estoy irremediablemente rendido ante esta mujer.

Lo que pasó con mi papá de algún modo tendrá que coexistir con el hecho de que Lotta es mi pareja.

La amo. Siempre lo he hecho, siempre lo haré.

Capítulo dieciocho

otta
Me despierto en un estado de profundo placer. El aroma de Asher me envuelve. Estoy acurrucada en las mantas de mi cama gigante, todavía abrigada por haber hecho el amor anoche.

Asher escribió un ensayo brillante y reflexivo y me sorprendió no sólo con su comprensión y conocimiento de La Odisea, sino también con su propia creatividad y habilidad para contar historias. Lo recompensé dándole una mamada que le puso los ojos verdes y brillantes y lo hizo romper uno de los almohadones de plumas en dos, llenando la casita de ellas.

Busco mi teléfono para ver cuánto tiempo tengo antes de que suene la alarma y ver que no puedo moverme. Hay unos brazos fuertes y cálidos que me rodean.

Asher. Mi pareja.

Se mueve detrás de mí; sus brazos comprimen mis movimientos.

—Oh mierda, pasé la noche aquí, —murmura contra mi piel—. Perdón, me escaparé en un minuto. —Él me da un golpecito con el codo en la barriga—. Justo después de meterte dentro de tu vagina perfecta.

Abro bien las piernas para él, suspiro contenta en las sábanas.

Evidentemente, esto es arriesgado. Las chances de que uno de mis padres o un vecino lo vean irse de mi casa son mucho más altas cuando es de día, pero no logro hacer que me importe.

Se siente demasiado bien tener la verga de Asher que se endurece rápidamente entre mis piernas y presiona contra mi entrada. Levanto el trasero y él me penetra, acaricia mi interior con movimientos lentos y lánguidos.

Murmuro un encantamiento de alegría por lo bajo.

Asher nos pone de costado y sigue con sus largas y lentas caricias. Luego lleva la punta de su dedo a mi clítoris. Estoy demasiado relajada de dormir como para venirme, pero se siente glorioso cuando forma un círculo lento allí. Asher tampoco parece estar apurado por venirse. Sostiene mi cadera para empujar contra mí mientras me muerde el cuello.

—Mm, —murmuro—.

—Mmm. —Hay un gruñido de lobo en su voz. Aumenta la intensidad de sus empujones y sus dedos se tensan sobre mi cadera.

—Sube aquí. —Él se pone boca arriba para que yo me suba a sus caderas—. Trabaja para mí, corazón. —Toma mi trasero y me mueve sobre su verga. Mis manos caen sobre sus hombros. Estoy muy mojada, frotando mi clítoris contra él mientras me muevo hacia adelante y atrás.

—Más, —ordena.

La pereza desaparece de mis músculos. La tensión se junta en la parte baja de mi vientre y mi respiración se acelera.

Los ojos de Asher brillan de color verde.

—Veo a tu lobo, —jadeo.

—Yo al tuyo. —Él sostiene mis caderas para que estén quietas y empuja hacia arriba contra mí una decena de veces; luego me mueve hacia adelante y atrás otra vez. Estoy cerca.

—Dámelo. —Estira la mano y me pellizca uno de los pezones, enrollándolo y tirando, haciéndome apretar su verga con la respuesta que doy debajo de mi cintura—. Dámelo todo.

No sé si se refiere a mi orgasmo o a mi vida.

En este momento, estoy inclinada a darle ambos, lo que debería aterrarme, pero me hace sentir como si estuviera navegando y bajando por una montaña rusa.

Reboto sobre su verga, con la cabeza tirada hacia atrás; luego pongo una mano contra el cabezal de la cama y me enloquezco, moviéndome lo más rápido que puedo.

—Eso es. —Cuando no sigo el ritmo, él nos gira sobre la gran cama para que esté boca arriba y él encima, moviéndose contra mí—. Ahora me sentirás.

Me río entre gemidos.

¿Cómo si antes no te estuviera sintiendo?

Él mueve las cejas y empuja fuerte mientras sostiene un lado de mi cuello para evitar que mi cabeza se choque contra el cabezal.

—¡Sí! —Jadeo.

Asher me da fuerte, pero de algún modo también de forma amorosa. Atenta. Es tan diferente del sexo frío y rudo con el que empezamos esta relación. Ahora me está matando con amabilidad y es más de lo que puedo soportar.

Tomo sus hombros, sostengo mis tobillos detrás de su espalda para acercarlo con las piernas. Nos movemos juntos de forma frenética, como si este orgasmo fuera a determinar si ganamos o perdemos. Vivimos o morimos.

Y ahora estoy viviendo por Asher.

También muriendo por él.

Y todavía ni siquiera sé qué he ganado y qué he perdido. Todo lo que sé es que lo estoy disfrutando. Todo. Lo que sea que traiga este viaje con Asher.

—Vente para mí. ¿Te vendrás para mí como una buena chica? —Las palabras de Asher son duras y salvajes. Está a punto de perder el control.

—¡Sí! —Con la sugerencia, mi trasero se levanta y mis músculos internos empiezan a apretar, sacando latidos de placer.

Asher gime y empuja profundo. Juraría que siento dejos cálidos de su esencia llenándome mientras llego al orgasmo. Por primera vez, tengo esa sensación de exclusividad de querer guardar la evidencia de haberlo tenido dentro de mí. Quiero que otros sepan que este lobo magnífico ahora me pertenece a mí.

Pero, por supuesto, no puedo reclamarlo. No es que quiera conservar mi trabajo.

Siento que sus dientes raspan mi cuello y lo alejo antes de que se hunda en mi piel.

—¡Asher! —Jadeo—. No puedes. —Lo miro a sus ojos verdes e intento mostrarle con los míos que lo entiendo. Que yo también lo siento. Que yo también lo quiero. —Mi trabajo, —digo.

Él asiente con torpeza y sale, poniéndome boca abajo y dándome una nalgada en el trasero.

—Lo sé, profesora, —dice con liviandad—. Pero eso no cambia el hecho de que eres mía.

* * *

Asher

Después de la práctica de esta tarde, voy con Abe a su Range Rover y miro por encima de mi hombro hacia el estudio de arte mientras caminamos. Lotta todavía sigue allí, pintando. Se queda hasta tarde todos los días, mucho después de cuando terminamos la práctica de fútbol.

Desde el picnic en la pradera, Lotta ha sido más dulce. El sexo es menos frenético. Me quedo un poco después o le llevo comida antes. No son citas largas o intensas, pero hay más calma entre nosotros. La frialdad ha desaparecido de nuestras interacciones.

Cuando estoy lejos de ella, me encuentro deseando más que su cuerpo. Deseo conversar. Estar cerca. Quiero consumir todo de Lotta James, no sólo su cuerpo, sino su mente, su alma.

Pero eso conllevaría confianza. Y confianza es lo que no tenemos. Le dije a Lotta que podríamos empezar de nuevo. Eso significa tener que bloquear el pasado de mi mente. Olvidarme de la herida kilométrica que infringió en mi vida.

Y he estado pensando en qué haría que ella confiara en mí. Estuve pensando en lo triste que estaba anoche por visitar galerías y no tener suerte.

He sido un idiota con ella, lo sé. Pero también se me ocurrió que Lotta en realidad no confía en nadie, y sospecho que tiene mucho que ver con la forma en la que sus padres la jodieron con lo de su arte.

Nunca debieron haberla hecho elegir entre la manada y su carrera. Y no debería decir *carrera* porque el arte es más que una carrera para Lotta. Es su alma. Su identidad.

Y por eso tengo que acercarme.

—¿Qué sucede? —Dice Abe cuando no nos escucha nadie más.

—Me preguntaba si podría hablar con tu pareja acerca de algo.

En un segundo, Abe me pone contra su vehículo y sus ojos brillan con su lobo.

Me río, y levanto las manos.

—Relájate. Se trata de Lotta. Puedes estar ahí por protección si eso quieres.

Abe pestañea y su lobo retrocede. Él me suelta y mueve la cabeza para acomodarse el cuello.

—Perdón, amigo. Sólo es el instinto.

—Sí. No te preocupes. Lo entiendo.

—Entonces... sí. ¿Quieres ir allí ahora?

Asiento.

—¿Le contaste sobre Lotta y yo?

Abe frunce el ceño.

—No, amigo. Me hiciste jurar que era secreto.

—Claro, sí. Gracias. O sea, podemos decirle si crees que puede guardar el secreto. O simplemente podemos no ser específicos.

—Ella puede guardar un secreto. —Suena ofendido en su nombre—. Su gemelo si siquiera sabe que son osos.

—Bueno, genial. ¿Te sigo hasta su casa?

—Sí. Te veo allí.

Me subo a mi bici y sigo a Abe hasta la mansión en la colina Moongaze donde viven Lincoln y Lincoln Sterling. Los gemelos se mudaron a esta escuela desde Manhattan y su estatus humano y económico inspiró odio instantáneo en todo Wolf Ridge. Pero ahora que Abe marcó a Lauren como su pareja, están bajo su protección y las cosas han cambiado socialmente para ellos.

Sigo a Abe hasta la puerta tallada a mano. Dentro, el sonido del piano se corta y Lauren llega a la puerta. Su mirada dulce se posa sobre Abe y luego en mí, y ella levanta las cejas con intriga.

—Ey, Lauren. Yo, eh, me preguntaba si podría preguntarte algunas cosas sobre Nueva York. Y cosas de arte.

Sus cejas se levantan, pero ella mantiene la puerta abierta.

—Por supuesto. Entra.

—Gracias. No tengo idea de si esta idea es disparatada o no, pero supongo que vale la pena.

Cuando entramos a la casa, el sonido de una excelente guitarra eléctrica se escucha desde el pasillo. Muevo el pulgar en esa dirección.

—¿Ese es tu hermano tocando?

Lauren se sienta en el sofá y Abe se acomoda justo a su lado, con un brazo detrás de su espalda.

—Sí. Es bastante bueno.

—¿Y tú tocabas el piano? —Me siento frente a ellos.

—¿Viniste aquí para coquetear con mi chica o para preguntarle cosas de arte? —-Interrumpe Abe y le sonrío ante su posesividad. Levanto las manos. —Preguntas sobre arte. Relájate, hermano.

Los ojos de Lauren se ponen en blanco, pero me doy cuenta de que le encanta.

—Entonces... esta probablemente sea una búsqueda inútil, pero eres sofisticada y vienes de Nueva York. ¿Me preguntaba si sabes algo sobre la escena de arte de Nueva York? ¿Como cómo entrar a las galerías? —Mientras digo eso, me doy cuenta de lo ridículo que sueno—. No importa, esta fue una idea boba. —Me paro.

—No lo es.

Me vuelvo a sentar.

—Conocemos a algunos artistas bastante importantes. Como de los que venden cuadros por cincuenta mil dólares.

—Guau. Bueno. ¿Entonces algún consejo?

—O sea... ¿estás pensando en estudiar arte?

Dejo salir una risa chillona.

—No es para mí. Ella ya se graduó de la escuela de arte más prestigiosa del país.

—Ahhhhh, *ella*. —Lauren me mira y especula—. La Srita. James. —Ella mira a Abe para confirmarlo.

—¿Estaría bien que esto se mantuviera entre nosotros? —Le pregunto—. Abe lo sabe, pero eso es todo.

Los labios de Lauren se curvan.

—Escandaloso.

—Por favor, Lauren. No es mi vida la que se arruinaría si esto se supiera.

Lauren hace que se cierra los labios con una llave.

—Mis labios son una tumba. —Tira la llave imaginaria por encima de su hombro—. Entonces, sí. Hay dueños de galerías a los que puedes acercarte. Puedo pedirle a mi papá que me conecte con uno de los amigos de la familia para obtener algunos contactos específicos si eso quieres.

—¿En serio? —Esto salió mucho mejor de lo que esperaba—. Sí. O sea, sí, por favor. Realmente lo apreciaría, Lauren.

—No hay problema. Le hablaré a mi papá esta noche en la cena y te contacto. ¿Quieres que te escriba?

—No hay forma de que vayas a tener el número de mi chica, —interrumpe Abe.

Lauren vuelve a poner los ojos en blanco.

—Entonces una conversación grupal.

* * *

Lotta

La noche siguiente, Asher me encuentra en el colegio mientras estoy limpiando todo para regresar a casa.

—¿Llevo tarde de nuevo? —Pregunto sin aliento cuando abro la puerta cerrada para él.

Me levanta para subirme a su cintura, de la misma forma en la que lo hizo la última vez.

Me retuerzo.

—El conserje sigue aquí, —susurro, y él me baja de inmediato, dedicándome una sonrisa de niño, con hoyuelos, que hace que mi interior se derrita.

—No llegas tarde, sólo quería tomar algunas medidas. —Él saca una cinta métrica del bolsillo de sus vaqueros mientras camina por el pasillo hasta mi estudio.

—¿Medidas?

—Sí. Les pondré un marco a tus cuadros.

Dejo de caminar.

—¿Qué?

Él voltea y sonríe.

—Me escuchó, Srita. James. —Él inclina la cabeza hacia el estudio—. Miré un video de Youtube sobre cómo hacer marcos caseros y ahorrar cientos de dólares.

Sigo derritiéndome. Levántenme del piso, donde me volví un charco.

Troto para alcanzarlo y miro alrededor rápido buscando al conserje antes de pasar mi brazo por el suyo.

—Gracias. Eso estaría genial. Mis cuadros necesitan marcos. O sea, no creo que eso hubiera ayudado en las galerías, fue más bien una cuestión de exclusividad, pero...

Ahora estamos dentro del estudio, y Asher frena mis palabras con un beso.

Me derrito contra él; mis brazos pasan alrededor de su cuello y mi cuerpo se suaviza contra el suyo.

—Eso fue muy atento, Asher. Gracias.

Él vuelve a besarme, pero es un hombre con una misión. Camina de vuelta a la pila de cuadros, empieza a medirlos y a hacer un inventario.

—¿Tienen nombres? —pregunta, arrancando un pedazo de papel de mi cuaderno de bosquejos y pasándomelo—. ¿Puedes escribir el nombre de cada uno y una descripción para saber cuál es cuál; luego pondré las dimensiones debajo de cada uno.

Lleva más de una hora, pero a Asher no parece molestarlo. Hacia el final, tengo una lista de cada cuadro que he hecho en los últimos cinco años. Los cuadros por los que tengo una deuda en mi tarjeta de crédito por enviarlos de regreso aquí.

—Guau. He producido mucho arte. —Miro la lista. Se siente satisfactoria. No es que sea el tipo de artista de cantidad-sobre-calidad, pero es lindo ver la larga vista de arte que tengo para vender, si alguna vez entro en una galería.

—¿Has pensado en una tienda Etsy? —Pregunta Asher.

Mis cejas se levantan. Noto la misma resistencia que crece en mí que tuve cuando Olive me sugirió visitar galerías. ¿Es miedo de exponerme? ¿O mi instinto de loba que me dice que es una mala idea?

Las visitas a galerías no me funcionaron bien.

—Bueno, no...

Asher se encoge de hombros.

—Sólo pensaba que podría ser otra forma de mostrar tus cosas. O sea, además de las galerías y eso.

—Em, sí. O sea, no tengo la menor idea de cómo hacerlo, pero debería averiguarlo.

—Sí. O pensaré cómo hacerlo y tú sigue pintando. —Asher dobla la lista de dos páginas de cuadros en cuadrados y la guarda en su bolsillo trasero—. Además, tengo una sorpresa para ti.

—¿Así es?

—Sip. Está en Sweet Treats.

—¿No está cerrado?

—Tengo la llave. Encuéntrame en el callejón de atrás en quince minutos. —Asher me hace salir por la puerta del estudio hacia el pasillo.

—Te ganaré en llegar, —lo provoco.

—No podrías, cora-Srita. James. —Me guiña el ojo y mira por encima del hombro para ver si hay alguien por ahí —. La veo pronto, —gesticula antes de trotar un par de pasos y salir por la puerta frente a mí.

Finjo no verlo encender su motocicleta mientras camino hasta mi coche, pero todo el tiempo hay una sensación vibrante de felicidad en mi pecho.

Me encanta este nuevo nivel de comodidad con Asher. Parece que finalmente me ha perdonado por hacer que echen a su papá. Todavía no sé cómo funcionarán las cosas para nosotros, sobre todo cuando será mi estudiante por el resto del ciclo lectivo, y quiero irme de Arizona cuando termine, pero empieza a sentirse como si valiera la pena resolver los problemas insuperables.

Quizás estaría dispuesta a quedarme. No lo sé.

Me vibra el teléfono y miro hacia abajo, pensando en que podría ser Asher.

Pero es de Andy.

Andy: ***Estoy en Phoenix. Ven a nadar al hotel, tienen un pequeño río.***

Se me retuerce el estómago. Hasta enviar mensajes se siente como una infidelidad hacia Asher.

Yo: ***No estoy interesada.***

Andy: ***La reunión en la galería es mañana por la tarde. Puedes sumarte a mi reunión.***

Respiro profundo. Mi loba dice que esta es una mala

idea. La artista en mí dice que tengo que hacer sacrificios. No con Andy, a la mierda con eso, nunca lo haría, pero necesito usar los contactos que tengo. No tengo miedo de decirle que no a Andy, incluso si parece que estuviera actuando ilógicamente apegado a mí. Soy transformista. Ningún humano podría forzarme a algo. Asher odiaría que me encontrara con él, sobre todo si supiera todo lo que Andy estuvo debajo de mi falda, pero haré que sea corto y formal. Fin de la historia.

Yo: **Envíame el nombre y la dirección.**

Andy: **Te recojo.**

Yo: **No está ni remotamente de camino.**

Andy: **Ven conmigo o no lo hagas, bebé.**

Agh. ¿En serio? Qué grano en el culo. Está tirando de la soga a propósito.

Yo: **Bien. Recógeme en la escuela para poder guardar algunos cuadros en el coche.**

Andy: **Envíame la dirección.**

Se la envío y enciendo el coche, intentando ignorar la inquietud en mi barriga. Debería decirle a Asher.

Se lo diré. Pero no hasta justo antes de que llegue Andy. No quiero que su lobo se ponga demasiado posesivo y que actúe irracionalmente.

Me guardo mis recelos mientras enciendo el coche y conduzco hasta el callejón detrás de Sweet Treats. Una vez allí, me olvido de todo porque Asher está inclinado contra el viejo edificio de ladrillos que solía ser una fábrica. Le pertenece a la Sra. Angelson, dueña de la panadería, pero no creo que lo use para nada.

Me bajo del coche.

Asher mira hacia un lado y otro del callejón y luego me llama a la puerta. Gira el picaporte cuando llego y me hace entrar.

Antes he mirado hacia adentro por las ventanas. Parecía tener equipos viejos y tachos de guardado. Respiro profundo ahora cuando veo la escena.

El lugar fue limpiado por completo. Los tachos de almacenamiento están apilados prolijamente de un lado, y del otro han puesto telas protectoras y hay un lienzo preparado frente a una ventana.

—Pensé que podrías usarlo como tu estudio. Ya sabes, si no quieres pintar en el colegio. —Asher me muestra su sonrisa.

Sus hoyuelos me rompen el corazón. Literalmente me parten al medio. Estoy derretida, cálida y brillante y completamente entregada. Asher ha conquistado todas mis resistencias.

Cuando no digo nada, él dice,

—O no pasa nada si prefieres trabajar en la escuela.

—No, —respondo rápido y pongo los brazos alrededor de su cintura—. Esto realmente me gustó mucho. Muchísimas gracias. ¿Estás seguro de que está bien? ¿O sea con la Sra. Angelson?

—Absolutamente. Está feliz de que alguien lo use. Sus manos se deslizan hacia abajo y tocan mi trasero. —Y nos da otro lugar seguro para encontrarnos hasta que termine el año.

—¿Ah, sí? —Ronroneo, pasando las manos por debajo de su camisa para llegar a su piel desnuda—. ¿Pondrás un colchón aquí?

—Pensaré en algo. —Su voz es un gruñido grave cuando me levanta por la cintura y me lleva hacia el depósito—. Necesito probar tu vagina ahora mismo.

—No, no, —digo en desacuerdo—. Yo te probaré primero esta noche. Bájame, grandulón. Te mostraré mi agradecimiento.

Capítulo diecinueve

sher

Por segunda noche seguida, dormí en lo de Lotta. Esta vez no fue un accidente.

Ella no protestó anoche, así que pensé que ahora está permitido. Es muy difícil irme de su cama cuando está desnuda y caliente y cubierta con mis fluidos. Pongo una alarma para levantarme antes del amanecer.

—Asher... —Lotta gira para verme. Alejo su cabello negro de su piel suave. Es tan hermosa, maldición—. ¿Qué quieres hacer después de la secundaria?

—Esto, —respondo de inmediato. Porque esto es todo para mí. He llegado. Dormir en la cama de Lotta James es un futuro mejor del que alguna vez imaginé para mí.

Pero siento algo de su preocupación, así que me pongo serio. Ella quiere irse de esta ciudad, lo sé.

—El entrenador piensa que podría obtener una beca de fútbol en algún lugar. —Me encojo de hombros—. No es que la universidad sea un sueño para mí ni nada por el estilo, pero tampoco estoy atado a Wolf Ridge, si eso preguntas.

—Deberías tomar la beca si puedes conseguir una. Irte de esta ciudad.

—Sí. Bueno. —Realmente espero que quiera decir con ella. Salgo de la cama—. Tengo algo para ti. —Tomo mi mochila y saco el lienzo que usé para hacer mi «autorretrato». Hoy es el día para entregarlo en clase, pero quería dárselo personalmente.

Le paso el pequeño lienzo y ella lo toma con dedos temblorosos. Es un collage multimedia. Cubrí el lienzo con imágenes recortadas de cosas que me recordaban a nosotros. Observo su rostro mientras ella mira la obra.

Respira profundo cuando ve el pendiente dorado de la luna pegado en el centro. Es como un golpe en el rostro.

La sangre abandona su cara.

—¿C-cómo lo conseguiste? —Su voz tiembla—. ¿Tu papá te lo dio? —está jadeando, como si no tuviera aliento—. ¿O... *tu mamá?*

—¿De qué hablas?

Su mirada está desenfocada, como si buscara un recuerdo. Luego deja caer el lienzo al suelo y se para rápido como si fuéramos a tener una pelea.

—¿Tú... *tú lo sabías?*

Algo está realmente mal. Lotta está molesta y mi lobo haría lo que fuera para solucionarlo.

Le muestro las manos a su loba para decirle que no soy una amenaza.

—¿Saber qué?

Sus ojos están desenfrenados. Hay miedo y trauma en su aroma. *¿Qué carajos está pasando?*

—¿Lo supiste todo este tiempo? —Ella me mira horrorizada.

Me acerco, pero ella da un paso atrás.

—Lotta, ¿de qué hablas?

Ella observa mi rostro. Pestañea. Luego exhala.

—Oh. —Ella niega con la cabeza, mirando el suelo. Se agacha a recoger el lienzo, pero tengo la sensación de que sólo quiere esconder su rostro de mí. Sé que tengo razón cuando se levanta completamente regulada.

—Sólo me confundí por un momento. ¿Yo... Dónde encontraste, eh, mi collar?

Miro el collar e intento descifrar qué acaba de pasar. Se asustó cuando lo vio.

Me preguntó si mi papá me lo había dado.

¿Por qué mi papá...?

Tomo el lienzo de su mano y arranco el collar, quitando la mayor parte del collage con él. Lo levanto.

—¿Qué pasó? *¿Qué pasó con mi papá?*

Intento recordar la última vez que la vi antes de que expulsaran a mi papá. Fue la noche que le dije que robaba. Ella no vino la tarde siguiente a nuestra sesión. Y la noche siguiente, lo habían expulsado.

—Nada. Sólo me recordó... ser tu tutora. Antes de que él se fuera, eso es todo.

La miro fijo y luego veo el collar que tengo en la palma. Hay algo aquí que no entiendo.

Los hermosos ojos azul aciano de Lotta se llenan de lágrimas. ¿Qué le sucede a su expresión? ¿Hay arrepentimiento? Sí, pero hay algo más. Algo que parece una herida. Como si la hubieran lastimado.

De pronto siento que me dejan de rodillas. O quizás me arrodillo, no estoy seguro. La habitación da vueltas. Tengo calor. Mis caninos descendieron.

—¿Él...? —es difícil hablar. Mi laringe se siente como arrastrada por una cuchilla oxidada—. ¿Él te lastimó? Apenas logro que salgan las palabras.

Ella me muestra las manos, como para calmar mi enojo.

—Tu mamá lo detuvo, —dice rápido—. No pasó nada. Lo intentó, eso fue todo.

Intentó.

Mi visión se vuelve roja. La ira explota a mi alrededor. Mi papá le puso las manos encima a mi pareja. ¡La atacó! Mataré al bastardo.

Y todo este tiempo lo había entendido mal. Pensé que ella había actuado mal. Oh, Destino.

Dejo salir un aullido de ira.

No estoy seguro de cuándo me transformo, pero mis cuatro patas se mueven con dificultad sobre los azulejos saltillo de Lotta. Estoy chocando con las paredes, tirando muebles, intentando salir de este encierro.

Lotta abre la puerta y salgo corriendo hacia afuera.

Necesito cazar a mi progenitor y matarlo.

* * *

Lotta

Mi visión se nubla y me tapo la boca con una mano para evitar llorar. Mi casita se siente como una casa de cartas ante el paso de Asher. Hay marcas de garras en la pared. Un taburete roto tirado en el suelo.

Mi pareja está sufriendo mucho.

En este momento, con la ventaja del diario del lunes, estoy segura de que hice lo correcto. Mi loba o mi musa o la parte de mí que sea la que ve el futuro me estaba guiando cuando le hice jurar guardar el secreto al consejo acerca de lo que pasó.

Había habido una confusión sobre dónde se suponía que me encontrara con Asher. Le había dicho que no podía ir a Sweet Treats después del colegio, pero después había ido a su casa, pero él me estaba esperando en la panadería. Su papá me llevó a la casa. Estaba enojado porque yo había defendido a Asher el día anterior, y empezó a despotricar contra mí, sobre cómo mi mamá era presumida, y que la realeza de la manada no debería existir.

Y entonces su agresión se tornó física. No sé por qué no me transformé para defenderme; es probable que tuviera alguna orden alfa que me mantuviera quieta. Todo lo que recuerdo es que me tenía atrapada contra la pared con mi camiseta medio rota cuando entró la mamá de Asher y lo golpeó. Sólo entonces me transformé y corrí directo a casa.

Entré corriendo, cubierta de olor a miedo y transformista ebrio. No podía esconder lo que había pasado de mis padres, y mi mamá no dejaría que un hombre que le había puesto un dedo encima a su hija permaneciera en la manada.

Había sido una decisión horrenda y despiadada.

No quería lastimar a Asher. Mi mamá dijo que yo lo protegería a él y a su mamá porque su papá era un monstruo que los había lastimado a ambos. Dijo que tenía la oportunidad de quitarlo de sus vidas y que la manada me agradecería.

Pero puse una condición. Pedí que los registros del consejo se mantuvieran ocultos de la manada antes de hablar. Era menor de edad, así que todos pensaron que era para proteger mi privacidad, pero no lo fue. Fue por Asher. Incluso entonces, sin saber que era mi pareja, intuí lo mucho que saber esto lo lastimaría.

Conté lo que había sucedido en el ataque y les dije que el papá de Asher había robado dinero de la caja de la cervecería. Les pedí que si necesitaban dar una explicación pública por expulsarlo, la razón fuera el robo. Mi mamá pasó toda la noche antes de la reunión juntando evidencia de sus crímenes reiterados, así no sería sólo mi palabra.

Cuando volví y me di cuenta de lo mucho que Asher me odiaba, cuestioné mi decisión. No porque necesitara que me entendiera; estaba dispuesta a ser la villana por él. Fue porque parecía que él había sufrido terriblemente de todos modos. La manada lo había tratado como la mierda sin siquiera saber qué había pasado. Pero ahora, viendo su angustia por saber la verdad, estoy segura de que hice lo correcto. Sentir que yo lo había traicionado le provocó un sentimiento de enojo justiciero y rebeldía. Él retuvo su dignidad. Si hubiera llevado la vergüenza de las acciones de su padre en su adolescencia, temo que se habría cerrado por completo. Quizás hasta se hubiera ido de la ciudad también.

Y entonces probablemente nunca hubiera conocido a mi pareja destinada.

Me suena la alarma de la mañana y me sorprende. Cierro la puerta y miro a mi alrededor.

Mierda. ¿Qué debería hacer?

Asher está sufriendo. Quiero ayudarlo. Necesito ayudarlo. Desearía haberme transformado de inmediato y haberlo seguido. Ahora no tengo forma de alcanzarlo.

Miro rápido el reloj. Maldición.

Me ducho rápido, tomo una manzana para comer, y conduzco a Sweet Treats. La mamá de Asher debería estar trabajando hoy.

Ella y yo nos hemos evitado desde el incidente. No estoy segura de por qué. Creo que estaba avergonzada de dejar que ella luchara con su marido sola esa noche. Ella probablemente se avergüenza de lo qué sucedió. Ninguna ha hablado de lo ocurrido, lo que ahora me parece realmente retorcido y extraño.

Estaciono en frente y entro. La Sra. Angelson me saluda desde la puerta de la cocina. —¡Hola, Carlotta! ¡Me enteré de que habías vuelto a la ciudad!

—¡Hola, Sra. A.!

Me obligo a mirar la Sra. Martin y a acercarme al mostrador.

—Em, buenos días, Sra. Martin. ¿Us-usted ha visto a Asher?

No hay sorpresa en su expresión, pero su entrecejo se frunce.

—No, —responde lentamente—. Él no vino a casa anoche. —Ella me observa—. Supongo que pensé que podría estar contigo.

—Lo estuvo, —digo—. Pero, em... —Trago saliva—. Esta mañana se enteró de... —Mi corazón late fuerte contra mi esternón y mis palmas están húmedas. No he hablado del incidente desde la reunión del consejo—. El tema surgió esta mañana... —intento y no puedo tragar— lo que ocurrió con su papá. Y Asher se transformó en lobo y salió corriendo. —Mis ojos nadan en lágrimas.

La mamá de Asher se pone pálida. Ella sale de atrás del mostrador. Para mi sorpresa, me acerca a un abrazo incómodo.

—Gracias. —Su voz está tensa.

—¿Por.. qué?

—Por preocuparte por mi hijo.

Lucho contra mis lágrimas.

—Por supuesto que me preocupa. O sea, me importaría de todas formas, pero... él es *mi pareja*. —Susurro esas últimas palabras.

La Sra. Martin se aleja para mirarme sorprendida.

Asiento. Ella pasa los brazos de nuevo a mi alrededor,

esta vez en un abrazo fuerte. —Oh, eso es increíble. Escucho lágrimas de felicidad en su voz, como si le acabara de decir que estoy embarazada o algo así. Pero las parejas destinadas son lo bastante raras como para que no sea extraño llorar por ello. La mayoría de los lobos nunca encuentran a su pareja verdadera, sólo pasan la vida con un transformista que sea compatible.

—Qué bendición, para ambos.

—Sí, pero por eso el enterarse de lo que sucedió enloqueció a Asher.

Ella vuelve a soltarme y su expresión se nubla.

—Sí. Sí, ya veo. Bueno, tenía salir a la luz en algún momento. Dale algo de tiempo y espacio para calmarse y procesar esto, es mucho trabajo. Ve a la escuela y yo llamaré para decir que estará ausente. Espero que corra y desgaste algo de su angustia y vuelva antes de que oscurezca.

Antes de que oscurezca.

Destino, eso me hace doler el corazón. No quiero que Asher esté allí afuera solo y angustiado. No quiero que esté angustiado para nada.

—Vamos, —me alienta la Sra. Martin—. Me aseguraré de que se comunique contigo cuando vuelva.

—Bueno, gracias. —Le aprieto el hombro a la Sra. Martin.

Ella me abraza ferozmente.

—Me alegra tanto por ambos. No te preocupes por esto. El Destino nos pone obstáculos. Eso nos vuelve ágiles. —Pero su sonrisa es triste, y me recuerda que el Destino le ha puesto muchos más obstáculos que los que merecía.

Se lo debo a ella y a mí misma y a Asher asegurarme de que procesemos esto.

Mientras me subo a mi coche, me llega un mensaje al

teléfono. Mi corazón se sobresalta, ilógicamente espera que sea de Asher.

No lo es. Es de Andy.

Andy: *Te veo a las 5*.

Nop. Esto no sucederá. Asher me necesita.

Yo: ***Perdón, no puedo ir. Me surgió algo. Pero buena suerte*.**

Capítulo veinte

sher

A Siento el impacto antes de escuchar el metal partirse. El vidrio explota todo a mi alrededor. Mi cuerpo es lanzado por el aire y tirado a unos quince metros hacia el costado de la carretera, donde ruedo.

El sonido de los frenos chillando me recuerda volver a pararme y salir corriendo de los ojos humanos.

La sangre empapa mi pelaje. Tengo algunos huesos rotos, pero ignoro el dolor.

Mierda, ¿dónde estoy?

Me vuelvo ligeramente consciente del hecho de que tengo las patas lastimadas y ensangrentadas, y de que estoy muy, muy lejos de mi territorio de lobo. Estoy a mitad de camino al Gran Cañón, en la profundidad del territorio de los osos. Y *no* ganaré contra un transformista oso si me cruzo con alguno.

Miro el cielo. Por la posición del sol, supongo que será un poco después del mediodía.

He estado corriendo por horas, cegado en mi camino. Ciego ante todo lo que no sea venganza.

Pero no tengo ninguna habilidad para ejecutar esa venganza. Ni siquiera sé dónde está mi papá o siquiera dónde empezar a buscarlo.

Es claro que mi cerebro se desconfiguró cuando me volví lobo y salí corriendo.

Lotta.

Oh, destino. Salí corriendo y dejé a mi pareja. Debería haberla tomado en mis brazos y sostenido. Haberme puesto de rodillas y rogado que me perdone por ser tan idiota. Pero en vez de eso, me enfurecí y corrí.

Difícilmente es un comportamiento honrado para una pareja.

Volteo. Necesito volver a su lado. Abandoné a mi pareja cuando debería haber estado allí para ella, dos veces.

Mierda. Necesito regresar lo más rápido que pueda.

Me lleva una eternidad regresar a casa. Mi mente me ha castigado lo suficiente como para darme cuenta de que no debería correr directo a la escuela en forma de lobo. Sobre todo ensangrentado y cojeando como lo estoy. Me detengo en mi casa y me limpio la sangre, el polvo, y las espinas en la ducha. Muchas de mis costillas y la parte baja de mi pierna están rotas, y el dolor de su regeneración es peor que el impacto del coche que me chocó.

Y gracias al cielo que lo hizo porque me hizo volver a entrar en razón. Si no lo hubiera hecho, ahora podría estar en Colorado. Me estremezco mientras me visto rápido. La escuela ya terminó, pero Lotta debe seguir allí.

Me subo a mi motocicleta y conduzco hasta la escuela.

El equipo está en el campo. El entrenador Jamison se lleva las manos a la cadera cuando me ve. Cuando me acerco a la escuela, hace sonar el silbato y levanta las manos en el aire con un gesto de *¿qué carajos?*

Lo ignoro. Ya estoy desesperado por ver a Lotta y disculparme, y ahora algo me está poniendo los pelos de punta.

Algo anda mal. Algo más que lo que ocurrió esta mañana.

Abro la puerta de la escuela.

—¡Asher! ¿Qué estás haciendo? —Grita el entrenador.

Corro por el pasillo hasta el estudio de arte con los pelos de la nuca parados.

Por la ventana de la puerta veo a otra figura parada en el estudio de arte con Lotta. Un hombre.

Hay un hombre con mi pareja.

Mi mente lógica intenta detenerme. Es probable que sea el director. O el conserje. U otro profesor. Podría ser otro alumno. Mi mente ilógica piensa que es mi papá.

Una nuble roja-café cubre mi visión.

Sé que no es verdad, pero mi lobo necesita asegurarse. Tengo que eliminar todas las amenazas hacia mi pareja.

Tomo el picaporte de la puerta con la fuerza como para romperlo, pero logro detenerme antes de tirar. Intento obligarme a respirar con calma. No debería abrir esta puerta. Lotta necesita que nuestra relación permanezca en secreto. ¿Qué tan mal se vería entrar sin avisar y que ella esté con otro profesor?

A mi lobo no le importa una mierda. Está frenético. Necesita interponerse entre el cuerpo de Carlotta y el del otro tipo a toda costa.

Cierro los ojos y le pongo un freno a la posesividad intensa que siento. No puedo mostrarla aquí. No puedo mostrar nada. No puedo arruinarle el trabajo a Lotta.

Tomo el picaporte y lo giro despacio, en silencio. Lotta y

su visitante están ahora escondidos de mi vista, parados cerca de los lienzos su estudio improvisado.

—No, pero la pregunta es, ¿qué harás por mí? —Hay un tono sexualmente sugerente en la voz del hombre que casi me hace transformarme. Quiero destrozarlo con los dientes y mirar cómo cae su sangre sobre el piso de linóleo.

Mientras cruzo furioso la habitación, escucho el sonido de una cachetada ligera.

—Quítate de encima, Andy. —No hay ambigüedad en su tono.

Esa es la luz verde que necesito para matar a este tipo. De algún modo logro no tirar todos los cuadros que estoy en mi paso hasta verlos. Giro y sólo tiro uno de los lienzos.

Allí, encuentro un humano idiota invadiendo el espacio de Lotta, con sus manos descansando en sus caderas, y una cara sonriente que se inclina cerca de la suya con el ceño fruncido.

—*Dijo que te quites de encima.* —Hay un gruñido inhumano en mi voz.

—*¡Asher!* —La alarma en el rostro de Lotta no es suficiente alerta como para que controle mi agresión. No sé qué iba a decir ella, pero es demasiado tarde. Ahora nada puede detenerme.

Levanto al visitante de Lotta de la garganta, muevo mi brazo hacia atrás y lo hago volar por el aire. Mis costillas que estaban sanando suenan y vuelven a romperse con el esfuerzo.

Olvidé que él era humano. Olvidé contener mi fuerza.

Él choca contra la ventana de vidrio y su cuerpo sigue volando por el aire otros seis metros antes de aterrizar girando por el césped de afuera.

—¡Asher, no! —Chilla Lotta, sus ojos bien abiertos y horrorizados.

Su preocupación debería calmarme, pero en vez de eso, mi lobo sólo registra que sigue en peligro. Piso el vidrio roto y pateo las partes que quedan del marco, así puedo saltar hacia afuera y terminarlo.

—¡Asher! —Lotta salta sobre mi espalda, su antebrazo contra mi tráquea como si pudiera ahorcarme. Apenas siento su peso. Soy indiferente a lo que ella quiere de mí.

Mi concentración está sobre el humano que se está poniendo de pie y parece que todavía puede caminar. Pronto no podrá.

—¡Asher, no! —Ella me muerde la oreja.

La muevo, pero clava los dientes más fuerte y rompe la piel. La sangre cae por mi cuello.

Algunas preguntas aparecen en mi mente sobre qué está pasando, pero no logro concentrarme.

Ella cubre mis ojos con las manos, así no puedo ver.

Hago una pausa y finalmente registro que está intentando detenerme.

—Asher, *tienes que parar ahora.*

La realidad empieza a filtrarse entre la niebla de ira. La realidad y un susurro de temor.

Oh, mierda. *¿Qué he hecho?*

Mi respiración está dificultosa. Doy un paso atrás y luego otro.

Lotta me cubre los ojos y miro el desastre que he hecho.

—Mierda.

—Está bien. —Suena a que Lotta también está intentando convencerse de esa—. Todavía está vivo. Ni siquiera luce herido. Vete de aquí ahora mismo. Me encargaré de esto.

Me quedo helado en donde estoy. La enormidad de lo que he hecho me golpea como una bola pesada en el estómago. Acabo de atacar a un humano. Rompí la regla más importante de la manada, justo después de nunca revelarles nuestra naturaleza a los humanos. Mierda, también rompí esa. Porque este tipo acaba de sentir mi fuerza sobrehumana.

—Maldición, Lotta. Lo siento. Yo-yo no quise hacerlo. —Sigo mirando fijo al tipo que se balancea en el césped—. O sea, perdí el control.

—Lo *sé*. Él me estaba atacando. No pudiste evitarlo. Pero Asher, no puedes decirles que soy tu pareja. Deja que me encargue de esto. ¿Por favor?

Oh.

Oh, mierda.

Este es el final, el momento que siempre supe que llegaría. Me expulsarán como a mi padre. Me volví el hombre que ahora quiero matar.

Si les digo que Lotta es mi pareja, puede que me quiten responsabilidad. Entenderían que no hay nada más poderoso que la necesidad de un lobo macho de proteger a su pareja destinada. Todos saben eso, ya sea que tengan una pareja destinada o no.

Pero no le haré eso a Lotta. Por mucho que me esté matando, ella necesita que esto siga siendo un secreto. Ella necesita este trabajo y tengo que respetar sus deseos. Sobre todo cuando me pidió directamente que no lo diga.

Está bien. Nunca iba a ser capaz de seguir el camino del bien de todos modos. Lo habría intentado por Lotta, pero ahora es demasiado tarde. Después de la mierda que la hice pasar, lo mejor que puedo hacer por ella es irme.

De todos modos, ella no quería estar atada a mí. Lo dejó en claro desde el principio. Ella no quiere ser loba o tener pareja.

Doy otro paso hacia adelante.

Lotta mira por momentos al tipo en el césped y después a mí.

Hay sangre cayendo de mis manos. Debo haber tocado el marco de la ventana rota cuando intentaba salir.

—Asher—*vete*, —me dice Lotta, enojada—. Vete de aquí. Sólo empeorarás las cosas. Lo solucionaré.

No tengo ninguna fe en que pueda solucionarlo. Pero sí. Estoy resignado a este destino.

Nunca iba a tener mi final feliz. Nunca iba a tener una pareja que quisiera que la reclamara. Sus padres nunca iban a aceptar nuestra pareja. Esta ciudad nunca iba a apoyarme después de lo que hizo mi padre, y ahora no los culpo.

—Sí. Bueno. Me voy. —El peso de dos tanques invade mis extremidades mientras volteo y me alejo con torpeza.

Capítulo veintiuno

Lotta

—¡Oh, por Dios! ¡Debes estar hecho de goma!
—Pongo una voz alegre, como si felicitara a Andy porque lo defenestraran.

No es la persona más inteligente del mundo. Y no parece que en serio esté lastimado. Así que puede que todavía sea capaz de solucionar esto.

Tengo que hacerlo, por Asher.

—¿Qué carajos? —Andy lucha en ponerse de pie.

—En serio, ¿viste eso? —Me paro en la ventana rota y hago que mis ojos se agranden con asombro—. Acabas de volar por una ventana de vidrio sin un rasguño. Eso es increíble. Si lo tuviera en video, se haría viral.

Andy se quita los vidrios del cabello.

Por mi visión periférica, veo que el entrenador Jamison intercepta a Asher y lo acompaña en dirección al estacionamiento.

Oh, Destino. Es probable que lo lleve directo con el alguacil. O con el Alfa Green. Quiero correr detrás de él y detenerlo, pero contener la situación de Andy es lo más importante. Si no puedo hacerlo bien, el destino de Asher estará sellado y la manada estará en riesgo.

Pero todavía puedo arreglarlo. Si hay algo que aprendí los últimos cuatro años, es cómo jugar en el mundo de los humanos. Eso es algo que la mayoría de las personas de esta ciudad no entienden.

Andy es malcriado. Sus padres son ricos. Si se ofende por esto, habrá muchas consecuencias. Pero también es un idiota egocéntrico. Así que si logro hacer que se sienta especial en vez de ofendido, puede que pueda evitar la pesadilla penal y legal que sería esto.

Entonces podemos lidiar con el castigo de la manada con el que se enfrentará Asher.

Tengo mucha menos incidencia en eso.

—No sé si diría *sin ningún rasguño*. —Andy se quita una mancha de sangre de la mejilla. Él sigue claramente desorientado y sorprendido por el ataque.

—No, en serio. Eres la persona más suertuda con vida. Un doble de riesgo no podría haber hecho un mejor trabajo. Hiciste una vuelta total en el aire y luego te doblaste y giraste. Espera, estoy saliendo.

El director Olsen y otros tres profesores ya están trotando afuera hacia él.

Tengo que ganarles en llegar. Tomo un trapo de pintura y lo pongo sobre el marco roto de la ventana; luego salto como si yo también fuera una doble de riesgo.

Se me ocurre que un transformista lobo podría ganarse una buena vida como doble de riesgo si eso quisiera.

—Guau, ¿ustedes vieron eso? —Grito, mi rostro alegre de emoción—. Mi amigo, Andy, acaba de volar por la ventana sin un rasguño. ¡Fue épico!

El director y los profesores son todos transformistas lobo. Entienden la necesidad de mantener las relaciones entre humanos y lobos en paz. Siguen mi idea rápidamente. Miro cómo desaparecen sus expresiones de urgencia y preocupación. Se acercan más lento.

—¿Qué pasó? —Pregunta el director Olsen, metiéndose las manos en los bolsillos para verse más casual.

Me uno a Andy en limpiar los vidrios de su ropa. Están en todos lados: pequeños pedazos en cada arruga de su ropa.
—Bueno, uno de mis estudiantes ingresó cuando Andy no tomaba un no como respuesta, y él lo levantó y de alguna forma, no tengo idea de cómo, lo hizo atravesar la ventana. Pero está bien. Andy está bien, gracias a Dios.

—Gracias a Dios, —dice como eco la Srita. Miller, profesora de química.

—¿No tomabas un no como respuesta? —El director Olsen usa su Orden Alfa dura con la voz. Aunque Andy no tiene una respuesta biológica extrema como los transformistas, debería sentirse asustado.

El rostro de Andy, ya rojizo por el altercado, se pone incluso más rojo. No hay nada como la vergüenza cuando se trata de un artista rico y malcriado que le importa demasiado que el resto lo admire.

—Bueno, yo...

—Está bien, —lo interrumpo. La conversación está fluyendo justo como quiero. Ahora puedo ser la generoso, en vez de Andy. Soy la ofendida, pero evito que Andy se ponga a la defensiva al hacer crecer mi ego con mi calidez—. Sólo me alivia que nadie saliera herido. —Lo miro a los ojos y niego con la cabeza—. En serio, estuviste genial. Y tienes tanta suerte. Definitivamente deberías comprar un boleto de lotería hoy.

—Guau, eso es una locura, —repite la Srita. Miller. Gracias al destino es rápida en seguirme la corriente—. Tan afortunado. ¿Te gustan las artes marciales?

Andy se relaja un poco.

—No. Sólo es naturalmente atlético.

El director Olsen me mira.

—¿Quieres presentar cargos?

La cabeza de Andy gira hacia mí.

—No, definitivamente no. No fue tan grave. Nadie salió herido, ¿verdad, Andy?

Él mira sin entender al director Olsen.

Contengo la respiración. Por favor, deja que esto funcione.

Por favor, por favor, por favor, deja que esto funcione.

—Sí. Todo está bien. Lo siento. —Él se sacude su camiseta de diseñador para quitar cualquier pedazo de vidrio que quede.

—No, yo también. —Pongo mi mano en su codo y lo acompaño hacia el estacionamiento. Ni bien lo haga irse de esta ciudad, mejor.

Andy sacude la cabeza mientras caminamos.

—¿Cómo... cómo salí por la ventana?

—Sólo fue un accidente poco común. Realmente épico. Desearía que pudieras haberlo visto por ti mismo.

—¿Qué pasó con ese chico? —Mira a su alrededor—. O sea, ¿dónde está el alumno que me tiró?

—Estaba realmente avergonzado. Lo envié a la dirección. —Pongo los ojos en blanco—. Estos jugadores cabeza de chorlito no se dan cuenta de lo fuertes que son. No quiso hacerte daño. Evidentemente yo sabía que no estaba en peligro, pero él entró justo en el momento incorrecto. Y estos jugadores tienen un complejo de salvar a la dama en aprietos. —Quito un pedazo imaginario de vidrio de su hombro—. ¿Pero estás totalmente bien, verdad? —Puedo ver que su orgullo lucha con la parte malcriada de él que quiere gritar que es víctima.

—Sí, —dice finalmente.

Mi pulso es un latido rápido en ambas muñecas.

—Sí, yo también. —Sigo fingiendo que soy la verdadera víctima aquí. Choco mi hombro contra él mientras caminamos—. Pero no está bien que exijas favores sexuales a cambio de presentarme en la galería. —Hago que mi voz sea ligera, como si fuéramos mejores amigos que tuvieron un pequeño desacuerdo y estamos listos para reírnos de eso—. Tienes suerte de que *yo* no te arrojara por la ventana.

Él no toma bien esa reprimenda. Fui un poco lejos. Él balbucea,

—Bueno, yo no iba...

—Bromeo. —Vuelvo a chocar su hombro de forma juguetona—. Está bien. Sé que no tuviste la intención. Llegamos al lado de un Mustang negro brillante, el que había elegido como su coche de alquiler—. ¿Pero cuál es el tema con la galería?

Él niega con la cabeza.

—No creo que sea adecuada para ti.

Idiota. No me sorprende. No debería estar decepcionada. Sabía que me respondería así por lo que acaba de pasar, pero igual me atraviesa como una flecha en el corazón. Se asiente como un ataque a mi arte. Enderezo mis hombros endurecidos.

—Claro. Bueno, bien, espero que funcione para ti.

Él observa lento el estacionamiento como si estuviera preparándose y de repente no tuviera idea de por qué está aquí. Sus labios se levantan en una sonrisa malvada y familiar.

—Bueno. Espero que esto de dar clases funcione para ti. —Él llena de su voz de un mundo de pena y condena.

Hace un par de días esa pena y condena me podrían haber dolido porque la sentía por mí misma.

Pero ahora, no me importa un carajo. He estado demasiado metida dentro de mí misma y de mi carrera como para ver lo que es importante. El amor es lo que importa.

Y yo amo a Asher.

Haré lo que sea en el mundo para evitar que lo echen de la escuela y no expulsen de la manada.

* * *

Asher

—Entra. El entrenador Jamison me encontró afuera y me hizo acercarme a su camioneta.

—Entrenador.

—*Entra, Asher.* —Su voz es dura. Enojada. Pero su aroma tiene un deje de estrés. Está asustado por mí.

Entro en la cabina de la camioneta y froto una mano contra mi rostro.

—Estoy muerto, ¿verdad?

—No lo sé. —Pone el auto en marcha atrás y sale disparado del espacio de estacionamiento. Todo el equipo, el de último y anteúltimo año, está parado en la puerta y nos ve irnos. Sale rápido cuando pone el cambio.

—Te sacaré de la propiedad antes de que alguien pueda tomar esa decisión. Quiero que tengas un juicio justo con el consejo antes de que decidan algo.

Mi estómago se llena de piedras.

—Gracias, entrenador, —balbuceo—. Pero todo está bien. De todos modos no me iba a ir bien aquí.

—Maldita sea, Asher. Me encantaría que sólo sacaras la cabeza de tu trasero por tres segundos y dejaras de luchar contra esta manada.

Bajo la cabeza a mis manos y caigo por el precipicio. Porque, por supuesto, el entrenador tiene razón. Todo este tiempo he estado jugando a ser el rebelde, sintiendo que Lotta y la manada habían traicionado a mi papá. Definió toda mi personalidad.

O quizá la solidificó. Mi papá fue en realidad quien me hizo rebelde. Me rebelé contra su tiranía como pude mientras crecía. Pero cuando me fui, de algún modo hice que fuera mucho mejor de lo que era. Extraña tener una figura paterna en esa época crucial de la pubertad y de mi primera transformación, y lo había glorificado a él y demonizado a la manada.

Pero ahora sé que era un canalla que se lo merecía todo. De repente recuerdo y reconozco lo pendejo que era. Cómo nos empujaba a mi mamá y a mí. Nos denigraba. Nos acosaba.

—¿Alguna vez pensaste que los miembros de la manada te tratan como un rebelde porque actúas como uno? Todo lo que tienes que hacer es mejorar y ser un líder. En vez de luchar en su contra, podrías estar peleando *por* algo. Por ti.

Las palabras del entrenador son demasiado profundas para que si quiera pueda procesarlas, pero cierro los ojos y dejo que me invadan. Sé que le importa, y que significa mucho más de lo que me he permitido sentir antes.

De hecho, de pronto lo *siento todo*.

Es demasiado.

Me avergüenza mi comportamiento. Por dejar a Lotta esta mañana. Por ser tan pendejo con ella cuando era la que me protegía. Me arrepiento de no notar que tenía una excelente figura paterna estos últimos cuatro años, un entrenador al que le importo como su hijo. La amargura hacia mi papá por atacar a mi pareja y ser un padre y esposo de mierda con mi mamá.

Aceleramos por la colina hacia el centro de la ciudad.

—¿Quieres contarme qué sucedió? —Exige saber el entrenador.

Claro.

El incidente a mano. El humano que acabo de aventar por la ventana de vidrio.

—Él estaba... —respondo profundo e intento recordar. Todo era una nube roja en el momento—. Él la estaba tocando. Ella le dijo que parara. Yo... —Tengo que detenerme y respirar profundo por mis fosas nasales para calmar la nube roja frente a mis ojos.

—Lo ayudaste a detenerse, —termina el entrenador.

Asiento levemente. Me concentro en el camino que tenemos adelante, pero no veo nada.

—Bueno. Llama a tu mamá. Dile lo que pasó, así no se sorprenderá al escucharlo de alguien más.

—Sí, señor. —Mis manos se mueven de forma mecánica, buscan mi teléfono y llaman a mi mamá.

Cuando le cuento lo que pasó, su miedo traspasa el teléfono como un capullo frío.

—No, Asher, —susurra.

—Está bien, mamá. Todo estará bien, sin importar lo que pase.

—No... no lo estarás. Tú...

—No llores, mamá. Todo estará bien. Te amo. —Ahora también estoy llorando, pero sólo porque decepcioné a mi mamá. Ella no merece la vergüenza que le traigo con esto. Repito la vergüenza que mi papá le trajo a la familia. Corto la llamada antes de que pueda responder porque no hay nada más que decir.

El entrenador Jamison estaciona en su casa y apaga la camioneta.

—Vamos. Entra.

Salgo de la camioneta.

—¿Me estoy escondiendo?

Él resopla con exacerbación mientras pasa por la puerta.

—No exactamente. Estás bajo mi custodia. Preferiría ser el tipo que te retiene en vez de que te toque el alguacil. O el Alfa Green.

El Alfa Green.

No espero que el alfa se apiade de mí. Él expulsó a su propio hijo por vender marihuana cuando tenía mi edad. Y no es que no me hayan dado advertencias.

El entrenador Jamison abre la puerta y me hace entrar. Por más cercanos que seamos mis amigos y yo con el entrenador, él nunca nos invitó a su hogar. Mantiene esa línea de respeto y autoridad clara como el agua. Miro a mi alrededor a la pequeña casa limpia.

Está amoblada simple con líneas claras y piezas modernas. Hay una gran pantalla de televisión en una pared. Una alfombra verde manzana entre él y el sofá de cuero gris.

—Ve a limpiarte. —Él entrenador señala el pasillo.

—Sí, señor. —Hago lo que me dice, y me limpio la sangre de las manos y de mi oreja. Me quito pedazos de vidrio del cabello y de la ropa que caen sobre los azulejos blancos del entrenador.

Cuando salgo, encuentro al entrenador parado en su cocina, terminando una llamada.

—¿Bueno? —Le pregunto.

—Consejo de transformistas. Esta noche.

—¿Está abierto al resto de la manada? —Ya sé la respuesta, pero estoy pensando en mi mamá. Ella querría estar allí.

—No.

Eso significa que el entrenador Jamison tampoco podrá estar ahí. No tendré a absolutamente nadie que me apoye cuando me pare a defenderme. Y hablar con las autoridades tampoco ha sido un don para mí en el pasado. Estoy bien y completamente jodido.

Este definitivamente es el final del camino para mí en Wolf Ridge.

* * *

Lotta

—Lo lamento, Carlotta, pero está fuera de mi alcance. El alfa Green llamó a una reunión del consejo.

Miro fijo al director Olsen con el corazón latiendo contra mis costillas como un pájaro atrapado en una jaula.

Pasé unas dos horas explicándole al director y al alguacil exactamente lo que pasó. Trabajé con Zory, el conserje, para que tapáramos la ventana con una madera laminada. El director Olsen hizo tomó la decisión de no notificar al distrito escolar, así que está intentando que algunos miembros de la manada hagan de albañiles para cubrir el costo de la reparación.

Lo que no ayuda al caso de Asher en lo más mínimo.

Una reunión del consejo es algo serio.

—Eso realmente no parece necesario. Este fue un incidente escolar, y nos hemos encargado de la situación. — Froto mi nariz para evitar que me arda.

—Sé que tienes empatía con Asher, pero él tiene un historial de volatilidad descontrolada. Aunque su corazón estuviera en el lugar correcto, él mostró una importante falta de juicio hoy. Odio decirlo, pero es una carga para la manada. Por eso le informé al Alfa Green cuando le rompió la muñeca a Eric Damonella y por eso lo llamé de nuevo hoy. Tú sabes tan bien como yo lo mal que han salido las cosas esta tarde. Si no hubiera sido por tu manipulación del humano, ahora estaríamos frente a cargos por agresión o una demanda.

—Lo sé. Pero eso no sucedió.

—¿Dónde está Asher ahora?

Necesito ver a mi pareja. Lo anhelo con luna desesperación que me acalora. Y no por sexo esta vez. Necesito saber que él está bien.

—El entrenador Jamison lo ha retenido hasta la reunión. —Él mira su reloj—. Pero empieza en diez minutos, así que debe estar de camino a la municipalidad de la manada.

No. No dejaré que Asher caiga por esto.

Sobre todo cuando todo lo que tiene que hacer para estar a salvo es decir que es mi pareja, y selló sus labios con ese tema.

No creo que tampoco vaya en contra de mis deseos. Es demasiado protector conmigo.

Bueno, maldición, yo también lo soy con él.

Interrumpiré esa reunión.

—¿Usted y el entrenador Jamison estarán en la reunión?

—No. Sólo el consejo.

Mierda.

—¿El director Olsen?

—¿Sí?

—¿Puedo ver el archivo disciplinario de Asher?

Los ojos de mi empleador se entrecierran y él me observa. Soy una profesora de esta escuela y Asher es mi estudiante. Creo que tengo derecho de pedir su archivo, pero no estoy segura.

Aunque él se encoge de hombros y abre un cajón del archivero detrás de él. Me pasa una carpeta. Es gruesa con notas escritas a mano y a máquina sobre el comportamiento de Asher desde el jardín de infantes.

—Disfrútalo. Aunque no puedo entender qué bien haría.

—Gracias, señor. —Tomo la carpeta y troto hasta mi coche, pasando las hijas mientras tanto. Tengo una idea. Todavía no está totalmente formulada, pero espero que el archivo de Asher ayude.

* * *

Asher

El consejo superior de Wolf Ridge consiste del alfa y doce miembros: seis mujeres, seis hombres. Todos, incluida la mamá de Lotta, son realeza de la manada, las familias con los mejores linajes.

El entrenador se sienta conmigo afuera de la sala para esperar.

La puerta se abre y uno de los miembros de la manada siente cuando entro. No hay rastros de compasión en su rostro.

La sala de la manada está diseñada como un tribunal, con un estrado elevado en un semicírculo frente al pasillo. El Alfa Green se sienta en el medio, rodeado de los miembros del consejo, sin un orden particular. La habitación no es opulenta. Los transformistas no suelen ser ricos. Se siente más como del lejano oeste. Como si pudieran ponerme una soga y colgarme al amanecer si lo decidieran.

Pero la expulsión es el peor castigo para un transformista. Somos animales de manada por naturaleza. Dependemos de una comunidad. Una vez que te expulsan de una manada, ninguna otra te aceptará. Aunque eso no es completamente verdad porque Garrett Green, el hijo expulsado del Alfa Green, formó su propia manada de inadaptados y se sabe que acepta a los descarriados.

Mantengo los ojos bajos mientras entro y ocupo la única silla ubicada frente a la plataforma del consejo.

Hay silencio, sin duda que busca que me retuerza.

No lo hago.

Estoy resignado a mi destino.

—Asher, sabes por qué estás aquí. —El tono del Alfa Green tiene una gran desaprobación. ¿Qué tienes que decir en tu defensa?

Niego con la cabeza.

—Nada, Alfa.

—¿Disculpa?

No era lo que tenía que decir. Quise decir que no tenía excusa, pero viendo los trece ceños fruncidos, tomaron mi respuesta como una falta de respeto.

—Sólo quise decir que lo hice. Merezco cualquier castigo que les parezca acorde.

En base a los sonidos de desaprobación, esa también fue la respuesta incorrecta. Supongo que querían que me arrastrara o algo. No lo sé. La diplomacia no es un arte que maneje.

—Bueno, ve y espera afuera mientras discutimos cuál será tu castigo, —dice el Alfa Green.

Me levanto de la silla al mismo tiempo que se abre la puerta de golpe.

—Este es un procedimiento cerrado, —dice el Alfa Green de mala manera.

El aroma a jazmín y miel me hace girar para ver a Lotta entrar a la habitación con una gruesa carpeta. Sus ojos brillan con determinación.

Toma todo de mi parte no correr tras ella. Necesito tomarla en mis brazos. Poner todo sobre la mesa. Mis disculpas. Mi corazón. Lo que significa para mí. Lo que haría por ella.

Matar.

Morir.

Incluso irme, si eso quisiera.

—Lo sé. Por eso estoy aquí. Tengo algo que decir en relación al caso.

—*Procedimiento cerrado* quiere decir que no puedes decir nada, —grita mi mamá, obviamente escandalizada ante el comportamiento de su hija.

—No, me escucharán en esto. Nunca antes oí tanta fuerza viniendo de Lotta. Su loba es pequeña. Es callada por naturaleza. No suele proyectar tanto poder.

—*Carlotta Ann*. Vete de aquí ahora mismo.

—¿Qué sucede? —Pregunta el Alfa Green, anulando la orden de la mamá de Lotta.

Lotta sostiene el archivo en la mano triunfantemente, como si acabara de descifrar los códigos nazis.

—Tengo el archivo de Asher. Un archivo de cada acto disciplinario que se le ha emitido.

Oh, mierda. La vergüenza quema en mi interior. Todas las peleas. Las suspensiones. Las advertencias. Nunca he sido un estudiante modelo.

¿Qué está haciendo?

Lotta golpea la carpeta sobre la mesa a mi lado, mirándome rápido de forma conspirativa y haciéndome olvidar el odio que me tengo cuando mi corazón estalla en llamas.

Ella abre la carpeta y toma la nota que está encima, la lee del archivo.

—Esto es del tercer grado. —Mueve el pedazo de papel en el aire, luego lo lee—. Asher sostuvo a John Blackmore de cabeza por los tobillos y lo sacudió.

Se me hunde el corazón al recordar el incidente.

Lotta mira al consejo como si acabara de darles buenas noticias.

—¿Quieren saber por qué?

Cuando nadie responde, ella dice,

—¡Les diré por qué! Dice, *Cuando lo cuestionaron, Asher explicó que intentaba que cayera el lápiz que John le había sacado a su amigo Sebastián.*

Claramente todos en la habitación, incluido yo, estamos teniendo un momento de *¿Y qué?*

Ella saca otro papel.

—En quinto grado, Asher golpeó a Nolan Sykes. Razón: Nolan le subió la falda a una compañera. Séptimo grado: se metió en una pelea con alguien que molestó a un humano. Octavo grado...

—Te detendré ahí mismo, —interrumpe el Alfa Green —. ¿Cuál es el punto?

Lotta está inmutada ante la desaprobación del consejo.

—Mi punto es que —ella pone un dedo contra la carpeta — revisé todo ese archivo esta tarde. Hay casi treinta incidentes de violencia por parte de Asher y todos. Y cada uno. De ellos fue porque estaba defendiendo a un compañero más débil. —Ella lo señala otra vez—. Cada uno de ellos.

—No es una excusa, —comienza a decir su mamá, pero Lotta la interrumpe.

—Es comportamiento de *lobo alfa*. Es lo que hace un alfa. Y este instinto en Asher, debería ser cultivado. Deberían haberlo alentado y llevado a liderar su manada. *Ustedes.* —Ella ahora señala al Alfa Green y temo que nos expulse a ambos.

Pero permanece en silencio. Parece que está considerando sus palabras.

Ella camina frente a ellos, como una abogada en un tribunal.

—Asher viene de una casa violenta. Todo aquí lo saben. No estuvo a salvo mientras crecía. Esa es la única razón por la que les conté lo que su papá me hizo a mí.

—Lotta, —digo ahogado.

Ella me mira a los ojos y veo una tormenta de preocupación y culpa en esos hermosos ojos azules.

—Y les pedí que esa información permaneciera como un secreto porque quería que él tuviera una oportunidad de ser algo diferente, sin que eso fuera una carga sobre su cabeza.

Hago una mueca.

Mierda. Ella me estaba protegiendo. Mi pareja fuerte, hermosa, y muy valiente. Me odio a mí mismo por odiarla.

Quiero golpearme mi propia cara.

—¿Pero alguien se acercó para guiarlo o ayudarlo? —Ella mira la habitación de forma acusatoria.

Estoy sorprendido. ¿Realmente están considerando sus palabras?

—No. No, sólo le pusieron la etiqueta de problemático y asumieron que crecería para ser como su papá. —Un silencio marcado acentúa el reto, y luego Lotta mueve una mano sobre la carpeta otra vez—. Ignoraron el hecho de que sus instintos vienen de amabilidad y compasión. Una sensación de querer proteger a los miembros más débiles de su manada, los que le importan.

Me hundo en mi silla; no estoy seguro de por qué mis piernas no me sostienen.

Lotta, mi dulce pareja, está defendiéndome como nadie más en la vida.

Está dándole una nueva perspectiva a mi realidad, igual que lo hizo el entrenador, y maldición, si no quiero alcanzar todo el potencial que ambos ven en mí.

Ella asiente.

—Asher Martin es demasiado protector conmigo.

Soy parte de su manada. Me defendió hace unas semanas cuando un estudiante me faltó el respeto y me defendió esta tarde cuando me estaban atacando. Él no supo hasta hoy lo que su papá intentó hacerme, pero sé que también hubiera intentado protegerme entonces.

Me arden los ojos y la nariz, y pestañeo fuerte, mirando el suelo.

—Asher no es un problema, es un héroe. Y si este consejo realmente reconociera y sacara a relucir el potencial de los jóvenes miembros de la manada, en vez de avergonzarlos, encasillarlos, y amenazarlos con la expulsión, entonces más jóvenes estarían dispuestos a quedarse. —Ella acomoda su mandíbula y sostiene la mirada de su madre; quisiera aplaudirla y festejar.

Pero no hay aplausos en cámara lenta. El Alfa Green retoma la reunión del consejo.

—Gracias. Hemos escuchado lo suficiente, —le dice a Lotta—. Esperen afuera. —Él me mira.

—Sí, alfa. —Me paro.

—Sé que harán lo correcto, —dice Lotta en voz alta mientras camina delante de mí.

Ni bien cierro la puerta detrás nuestro, traigo a Lotta a mis brazos en un abrazo silencioso. Me arde la nariz y mi garganta se contrae.

—Lotta, —suspiro-me ahogo contra su cabello.

—Te amo, Asher, —me responde en un susurro.

La suelto lo suficiente como para tocar su rostro y seguir la curva de sus mejillas con mis pulgares.

—Te amo tanto. Siempre lo he hecho.

Sus ojos nadan en lágrimas.

—¿Sabes qué? —Las lágrimas ahogan su voz—. A la mierda con esto. Dejemos algo absolutamente en claro. —

Ella vuelve a abrir la puerta del consejo y toma mi mano, llevándome con ella.

—Dije que esperen afuera, —ruge el alfa.

Lotta está inmutada.

—Sólo una cosa más, Asher es mi pareja. —Ella sostiene en alto nuestras manos entrelazadas—. Así que si él se va, yo también. Sólo quería dejar eso en claro.

* * *

Lotta

Me acomodo contra la puerta, riendo. Asher me lleva a sus brazos y besa todo mi rostro. Toca mi trasero y me levanta para que mis piernas envuelvan su cintura mientras profundiza el beso. Estamos besándonos contra la pared de la reunión del consejo que determinará nuestro destino.

Ambos destinos.

Porque ahora estamos unidos por siempre.

—Quiero que me marques, —jadeo, meciéndome contra el bulto en sus vaqueros.

—Oh, lo haré, corazón. —Su lengua se mete en mi boca. Él arrastra su boca abierta por encima de mi mandíbula—. Te marcaré toda, maldición.

Me río.

—Te marcaré con mis dientes —me muerde el cuello— y con mi aroma —pasa una mano debajo de mi camiseta para tocarme un pecho— y mi semen. —Su verga estirada presiona contra el lugar entre mis piernas—. Te marcaré con mis dedos. —Dichos dedos se deslizan por encima de mis bragas sobre la raya de mi trasero—. Lotta. —Sus movimientos se vuelven más lentos y me sostiene la mirada—. Bebé, lamento tanto lo de esta mañana. Realmente me avergüenzo por haberme transformado y salido corriendo.

Sostengo su rostro entre mis dos manos.

—No. Por supuesto que lo hiciste. Estabas sorprendido y molesto.

—Bebé, *no*. —Acerca su frente contra la mía. Estamos conectados en tantos lugares, caderas, cabezas, manos, pero lo más importante, corazones—. Eres la que tiene razón y derecho de estar molesta. Yo debería haber estado allí para ti. Debería haberte... apoyado. —Él traga saliva. Siento la tensión en su cuerpo—. Debería haberme disculpado.

Siento que las disculpas no son algo sencillo para Asher.

—Ya sé que lo sientes, —le digo—. Siento tu sufrimiento. Lo siento como el mío. —-Deslizo los dedos entre sus ondas doradas. Se siente tan increíble estar alineada con Asher después de todos nuestros previos intentos desastrosos. Necesitamos esta crisis para unirnos. Debemos darnos cuenta de lo que es importante y lo que no—. Todo este tiempo pensé que el dilema era entre mi lado de loba y mi lado de artista. Pensé que tenía que mantenerme alejada de Wolf Ridge o que mi carrera terminaría. Pero ahora todo eso se siente irrelevante. Mi lobo quería que regresara aquí para encontrarte. También mi lado de artista. Eres mi destino, Asher. Mi mañana. Mi siempre.

—Tú eres mi todo. —Él me besa, sus labios se doblan sobre los míos, su lengua se desliza entre mis labios.

Una garganta se aclara al otro lado de la puerta y nos separamos, ambos jadeando.

Me río de forma entrecortada mientras Asher me aleja de la puerta y me baja.

Cuando la abre, encontramos a mi mamá parada allí.

—Vuelvan a entrar. Ambos. —Hay color en sus mejillas, pero no puedo descifrar su agitación.

Asher me aprieta la mano mientras entramos a la sala del consejo.

El Alfa Green nos llama hacia él.

—Hemos tomado una decisión. —Hace su muestra de poder dejando que el silencio se extienda un momento antes de leer su sentencia—. Carlotta, tu defensa de Asher dejó mucho que pensar, y sí tomo tu crítica de mi liderazgo con atención. He cometido errores como alfa. Y tienes razón, quizá si hubiera hecho las cosas diferente, la población no estaría disminuyendo en Wolf Ridge.

Sospecho que se refiere al exilio de su propio hijo de la manada cuando sólo tenía dieciocho.

—Asher, tus instintos sí parecen ser buenos, como señaló Carlotta. Pero tienes que aprender a controlarte. Pones en peligro a esta manada cada vez que actúas con impulsividad.

—Sí, alfa. —Asher toma la reprimenda como un hombre.

—Creemos que tu pareja destinada ayudará a encontrar templanza. Aunque entendemos la irregularidad de tu relación con Carlotta por ser profesora de la secundaria Wolf Ridge este semestre, te ordenaremos que la reclames de inmediato. Es demasiado volátil que un lobo alfa espere para marcar a su pareja.

Asher me mira con preocupación.

Le aprieto la mano. Si pierdo el trabajo, lo pierdo. Mi futuro es Asher.

—Los dos mantendrán su relación en secreto de todos los humanos hasta que Asher se gradúe.

—Entonces... ¿puedo conservar mi trabajo como profesora?

—Sí. La secundaria Wolf Ridge necesita tu talento, —dice el Alfa Green. Si mi mamá lo hubiera dicho, no le habría creído. Asumiría que sólo lo decía para mantenerme aquí. Pero considerando que acabo de criticarlos duramente por no reconocer nuestros talentos, estoy dispuesta a recibir sus palabras como aprecio genuino. O un intento de aprecio genuino, de todos modos.

—Eso es todo. Ambos pueden irse.

Miro a Asher y lo descubro sonriéndome, con sus hoyuelos totalmente marcados y luciendo transformado. Me río cuando me levanta en sus brazos y me lleva hacia afuera con pasos exuberantes. Cuando salimos de la sala de reuniones, él me hace girar en círculos, me baja y me levanta como si estuviera en un parque de diversiones. Chillo de risa, mis brazos se tensan alrededor de su cuello y la alegría explota en mi pecho.

—Vamos, corazón. Escuchaste al alfa. Me ordenaron que te reclame. Y será bueno.

Capítulo veintidós

sher

Carlotta vuelve a prender velas. Recogí algo de comida para llevar para después. Ahora mismo me tomaré mi tiempo con ella. Ato sus cuatro extremidades a la cama y beso cada centímetro de su piel pálida.

Ella tiembla debajo de mí, tira de las cuerdas, y tiembla como respuesta.

—¿Quieres mi lengua aquí? —Muerdo su muslo interno, cerca de su sexo.

—Sí. —Ella se arquea, levanta sus pezones endurecidos hacia el techo. Toco uno y rozo la yema de mi dedo sobre la punta mientras muevo la lengua más cerca de donde me necesita. —Por favor, —trina.

—Tendrás tu placer cuando yo lo decida, corazón. —Le recuerdo quién está a cargo. No porque todavía necesite estarlo, sino porque merece dejarse ir. No tener que preocuparse por nada. Recostarse y recibir.

Nunca olvidaré lo que hizo por mí esta noche. Nadie me ha defendido así antes y, maldición, quiero ser el hombre que ella piensa que soy, un líder. Su protector. El alfa de la manada.

—Este cuerpito me pertenece ahora. —Rozo el pulgar sobre el borde de su vagina con la caricia de una pluma. Ella se mueve para obtener más—. Soy el tipo que podrá darte placer. Nadie más. —De pronto recuerdo los eventos de esta tarde, que parece que hubieran sido hace un siglo—. ¿Quién carajos era ese tipo de todos modos?— No puedo evitar el gruñido de celos que se cuela en mi voz.

—Él era uno de mis compañeros de piso en Chicago. Lo usé para tener sexo algunas veces porque lo necesitaba y era conveniente, pero nunca fuimos amigos. Es un idiota.

—¿Vino aquí para tener sexo? —Intento evitar que salga un rugido de enojo en mi voz.

—Tú me protegiste, —me calma Lotta.

Funciona. Mi lobo se calma y la lógica vuelve a mi mente.

—Podrías haberte protegido tú sola, por supuesto. Perdón por perder el control de esa forma.

—No, no fue tu culpa. El alfa tiene razón. Fue porque no me has marcado. Y por lo que te enteraste esta mañana.

Claro. Eso.

—No quiero que interfiera con nuestra noche. Pero mañana, me dirás qué pasó. Todo.

—Bueno. Por supuesto, sí.

Levanto la cabeza para mirarla a los ojos.

—¿En serio eres mía? ¿Quieres que te marque?

—Sí, Asher. Cuando pensé que te expulsarían, me di cuenta de que no podía soportarlo. No puedo estar lejos de ti. Eres todo lo que importa.

Niego con la cabeza.

—Eso no es verdad. Tus sueños y esperanzas también

importan. Tu arte. Querías irte de Wolf Ridge. Podemos. Iré contigo. Adonde sea.

Sus labios se abren, pero no sale ninguna palabra.

—El entrenador dijo que todavía podría tener una chance en UCLA. ¿Los Ángeles sería una mejor escena artística?

Sus ojos brillan.

—Sí. Sí, eso estaría genial.

—Entonces haremos que suceda. —Deslizo las manos por debajo de su trasero y llevo su centro a mi boca. La lamo, separo su dulce piel, sigo la parte interna de sus labios. Pongo los labios encima de su pequeño clítoris y succiono.

Ella acaba de inmediato, tira de las sogas que usé para atarla.

—Adentro. Por favor. Te necesito adentro de mí.

La chisto.

—No dije que podías venirte, hermosa. Creo que te corresponde un pequeño castigo.

—Oh, Destino, —gime—. Por favor, Asher. Te necesito tanto.

Me río y sus palabras hacen que todo mi ser lata de calor y placer.

—Todavía no, hermosa. Tomarás mi verga en tu hermoso trasero, mis dedos en tu dulce vagina, y mis dientes en ese hombro deleitable.

Ella se mueve un poco más y otro pequeño orgasmo la recorre.

—Este cuerpo fue hecho para mí, ¿verdad? —Le desato las muñecas—. ¿Hm?

—Tú también eres mío, Asher, —murmura Lotta. Hay una sensación de asombro en su rostro, como si se acabara de dar cuenta.

—Lo soy, —concuerdo mientras le desato los tobillos—. Soy tu guerrero. Libraré una guerra en tu nombre. Me enfrentaré con quien sea que esté en el medio.

Lotta se ríe.

—Sé que lo harías. Aun cuando me odiabas, sabía que harías cualquier cosa por mí.

Mi sonrisa desaparece y recuerdo todo el odio que dirigí hacia ella. Intento tragar.

—Lo siento tanto por eso.

—No, no. Me di cuenta esta mañana de que necesitábamos que las cosas salieran como lo hicieron. Tú necesitabas creer que te había hecho mal porque te volvió rudo y fuerte. Te convirtió en el guerrero que eres. Y yo necesitaba escaparme de quién era y suprimir a mi loba para poder dejar que saliera en mis cuadros y mostrarme el futuro. Contigo. —Con las manos ahora libres, Lotta toca mi rostro y lo sostiene entre mis dos manos—. Eres mi futuro, Asher. ¿No lo ves? No hubo errores. Todo nos llevó a este presente. A este momento. En quienes nos transformamos separados y juntos. Ambos necesitábamos pasar una prueba, así podríamos llegar a este lugar. —Choco mi boca con la de Lotta en un beso duro y apasionado. Y ahora he olvidado el sexo tranquilo que había planeado para nosotros.

La necesidad de reclamarla, de consumarnos y este momento son demasiado fuertes.

Antes de saber lo que hago, la he recostado sobre la cama, mi mano sosteniendo su cabeza y mi lengua explorando su boca.

Separo sus rodillas y encuentro mi hogar, la atravieso con una empujada brutal.

—Oh, destino, sí. —Ella tira la cabeza hacia atrás y se mueve para tomarme aún más profundo.

No dejo de besarla. Es como si intentara expresar la

profundidad de mi pasión por ella con cada movimiento de mis labios. Cada empujón de mi lengua. La deseo más que cualquier cosa que haya querido en la vida. Necesito consumarla. Casarme con ella. Marcarla y ser su pareja.

La cama choca contra la pared con la fuerza de mis empujones. El colchón se hunde y rebota.

Tomo la cabecera de la cama con una mano y me muevo contra ella como si nuestras vidas dependieran de ello.

—¡Sí, sí! —Grita Lotta.

—Sí. —No reconozco mi propia voz, es tan profunda y salvaje.

Hay un momento en el que ambos trascendemos. Juraría que nos hundimos en un espacio sin tiempo ni lugar. De infinito. De experimentar los fractales de cada vida y dimensión en las que hemos sido pareja.

Hay un rugido en mis oídos. Como agua corriendo o viento. Grito, pero no puedo escuchar mi propia voz por encima del ruido.

Todo lo que sé es que me estoy viniendo.

Lotta ya está allí.

El momento se expande y se agranda. Se cristaliza.

El suero cubre mis dientes antes de que se hundan en su hombro, por siempre embebiendo su piel con mi aroma.

Ambos llegamos otra vez al orgasmo.

Cuando finalmente saco los dientes de su hombro y lamo sus heridas para cerrarlas, murmuro,

—Te amo, Lotta James.

—Te amo, Asher Martin. Por y para siempre.

* * *

Lotta

—¿Qué pasó aquí? —Le pregunto en la ducha la

siguiente mañana, las yemas de mis dedos siguiendo las marcas irregulares del trauma reciente.

Volví a despertarme en los brazos de Asher, el cielo realmente, si los transformistas creyeran en él. Hicimos el amor en las sábanas calientes, y le conté la historia de lo que pasó con su papá. Lo mató, pero se mantuvo presente. Me sostuvo. Me escuchó. Lloró.

Le prometí que no estaba traumatizado. Que mi único trauma había sido lastimarlo a él.

Luego él me trajo aquí, a la ducha, donde volvimos a hacer el amor. Si esta es mi vida ahora, me encanta.

—¿Qué? —Asher mira su torso y pasa una mano por encima de las heridas que están sanando.

¿Cómo no las noté anoche? Estaba demasiado ido como para siquiera darme cuenta de que mi pareja estaba herida.

—Oh. Ayer me chocó un coche.

—¡Asher!

—No, fue algo bueno. Estaba ido, corriendo por el territorio de los osos. Que me chocaran en la carretera me hizo entrar en razón. Eso me hizo darme cuenta de que había metido la pata al irme de tu lado.

La parte de mí que creía que tenía que ser fuerte en la vida y hacer todo solo se relaja aún más. Sigo acostumbrándome a la idea de que nunca volveré a estar solo. Que alguien siempre estará allí para mí.

—Te amo. —No puedo repetirlo lo suficiente. Cada vez que lo digo o lo escucho, una nueva vela se enciende en mi interior. Las llamas cobran potencia. Se vuelven más brillantes.

Asher me mira con esa sonrisa de hoyuelos que me deja las rodillas flojas mientras pasa un brazo detrás de mi espalda y me lleva contra él.

—Dilo otra vez.

—Te amo.

—Una vez más.

—Te amo.

Su beso en suave y de entrega.

—Quiero dar vuelta el mundo por ti.

Las alas alrededor de mi corazón laten más rápido. Él cierra el agua y abre la cortina de la ducha.

—Y eso empieza con llevarte al trabajo a tiempo. —Él toma una toalla de la pila y me envuelve en ella—. Y aunque odiaré fingir en la escuela, realmente no puedo esperar a que cada transformista de Wolf Ridge sepa que me perteneces.

Me río.

—Estás loco.

—Sip. Loco por ti.

✳ ✳ ✳

Asher

Hay una maldita tonelada de susurros sobre mí cuando regreso a la escuela. Lo que tiene sentido porque estoy segura de que toda la ciudad ya se enteró de que tiré a un tipo por la ventana del estudio de arte.

Tuve que escaparme avergonzado de nuevo de la casa de Carlotta y conducir por separado en mi motocicleta, lo que odié, pero eso no apaga mi orgullo. Marqué a mi pareja. Lotta me pertenece a los ojos de la manada. Todos los transformistas sabrán que la he reclamado.

Por supuesto, nadie sabe por mi aroma que algo ha cambiado.

Quizá lo sabrán por mi arrogancia. Por mi sonrisa. Por mi esternón elevado y la apertura de mi pecho.

Mi manada interna, Abe, J. J., Markley y Seb, están encima de mí, me rodean en el casillero.

—¿Qué carajos, hermano? —Abe me empuja de forma amistosa—. Literalmente te llené de mensajes el teléfono anoche. ¿No podías sólo responderme para decirme que seguías en la maldita manada?

—Sí, amigo, —dice Seb—. Idiota. Hasta fuimos a lo de tu mamá anoche y ella no sabía nada.

Claro. Mi pobre mamá. Sí la llamé después de la reunión del consejo para contarle las noticias, así que ella no sufrió toda la noche como mis amigos.

—No viniste a la escuela y a la práctica, y luego condujiste hasta aquí y tiraste a un tipo por la ventana ayer. ¿Qué está pasando contigo? —Exige saber J. J.

Sonrío.

—Sí, perdón. Yo, eh, estuve algo ocupado.

—¿Ocupado con qué? —Pregunta Abe.

—Marcando a mi pareja.

Una sonrisa lenta se extiende por el rostro de Abe.

—Ni lo digas.

—¿*Qué pareja?* —Exige saber J. J. Es evidente que Abe mantuvo mi secreto, incluso después de lo que pasó ayer.

—Carlotta James, —Abe no puede contenerse ahora. Me ofrece el puño para chocarlo.

—Lotta calentota, —dice Markley.

—Vuelve a llamarla así y te arranco la lengua, —digo, pero estoy demasiado feliz como para que suene a que lo digo en serio.

Los celos locos y posesivos se calmaron al sabe que es mía ahora.

—Qué, es verdad. Tienes suerte, amigo. Tanta suerte. Encontraste a tu pareja destinada. Ambos lo hicieron.

Todavía seguimos en la secundaria. ¿Cuáles son las malditas chances? —-Dice Markley.

—Una en un millón. —Abe ve a su hermosa pareja caminando por el pasillo y su sonrisa es tan engreída como la mía. Él vuelve a chocarme el puño—. Debo irme. Felicitaciones.

—¿Entonces no estás expulsado ni suspendido? —Pregunta J. J. cuando Abe se va.

—Nop. Sólo me ordenaron marcarla y mantenerla en secreto de los humanos.

—Bastardo suertudo.

—En serio. Realmente afortunado. —Markley suena celoso. Encontrar tu verdadera pareja destinada es algo que la mayoría de nosotros estamos programados para no creer que nos sucederá. Pero tal vez sólo sea propaganda del consejo para hacer que nos quedemos en Wolf Ridge y no salir a buscar.

Eric Damonella pasa a mi lado, sigue usando el casco inútil al que lo sometí. Él me mira rápido y con nervios.

—Ey, amigo, —digo, dispuesto a ser benevolente ahora que Lotta es mía.

Él se detiene, el alivio en sus hombros es evidente.

—Ey.

—No me disculparé porque no lo siento, pero estamos bien. Mientras nunca vuelvas a mirar o a hablarle a mi pareja otra vez.

Sus ojos se salen para afuera.

—¿Tu pareja?

Asiento, la satisfacción rebota en mi pecho.

—Me escuchaste. Asegúrate de que todos lo sepan. Si alguien le falta el respeto, morirá.

Él da un paso atrás.

—Entendido, Asher. No hay problema.

Tomo mis libros para el primer período, y luego el mundo se pone en cámara lenta. La canción chica-bow-wow suena en mi cabeza y disfruto la vista de mi hermosa pareja caminando por el pasillo, arrojando su cabello negro por encima de su hombro y mirándome en secreto.

Mierda. A mí.

La vida no podría ser mejor.

Capítulo veintitrés

Lotta

Asher me sonríe desde su asiento típico en la última fila.

Me late fuerte el corazón de emoción cada vez que entra. Siento una explosión de amor desde él. Su atención sigue puesta en mi rostro o en mi cuerpo toda la clase, aún cuando debería estar trabajando. Escucha ahora cuando explico, cada palabra. No deja que nadie hable encima de mí o que me responda.

Hice que Asher volviera a pegar el collar a su autorretrato y lo tengo apoyado en la ventana junto a mi escritorio, así puedo mirarlo todo el día.

Tenemos un juego de escondernos en la escuela. Asher me pone en cuatro sobre su escritorio. Me reclama en el armario de suministros. Hemos regresado al baño del personal un par de veces. Ahora mismo está dedicándome una pequeña sonrisa. Una que da a entender todas las cosas sucias que me hará más tarde.

Esta noche le mostraré lo mucho que significa, no sólo para mí, sino para todos en esta manada.

Termino mi explicación y les doy el trabajo práctico para el próximo proyecto.

—¿Alguna pregunta? ¿No? Muy bien. Que tengan un buen fin de semana. Los veré el lunes. —Suena el timbre y los alumnos salen en fila. Asher se queda—. ¿Tenías alguna pregunta, Asher? —Uso mi voz de profesora dispuesta.

Calienta a Asher. Él se acomoda mientras se para y se me acerca.

—Tengo algo que mostrarle, Srita. James. —Él saca un sobre de su libro y lo deja en mi escritorio. Está dirigido a mí, pero con su dirección.

La dirección del remitente es la Empresa Swan Hotel.

—¿Qué es esto? —Lo doy vuelta y abro la solapa. Adentro encuentro una carta.

Estimada Srita. James,

¡Felicitaciones! La hemos seleccionado como la receptora de nuestro prestigioso Premio de Arte Swan y del programa de artista en residencia. Como sabe, durante la residencia de seis meses, las diez obras de arte que envió serán exhibidas en la entrada de nuestra sede de Los Ángeles. A cambio, recibirá un estipendio de veinticinco mil dólares, así como un departamento y estudio totalmente amueblados para seguir creando obras.

Adjuntamos los detalles. Para aceptar nuestro premio, por favor complete el papeleo y responda antes del 15 de noviembre.

Esperamos poder hacer los arreglos necesarios para hospedarla a usted y a su arte durante el próximo otoño.

Atentamente,

Bea Daily
Director, Programa de Premio de Arte Swan

Me tiembla la mano.

—¿Qué es esto? —Repito, asombrada.

—He estado enviando tu arte a concursos. Lauren Sterling me conectó con el dueño de una galería de arte que dijo que la forma de ganar reconocimiento era hacer entregar a este tipo de cosas. Ella me dio una lista y he estado mandando fotos y descripciones de tus obras a todos lados.

Mis ojos se llenan de lágrimas.

—¿Qué? ¿Desde cuándo?

—Desde la pradera. Cuando me di cuenta de que tu arte era profético. Supe que era importante intentar apoyarte en esto, sobre todo porque tu familia no lo ha hecho.

—Asher. —Pongo los brazos a su alrededor y lo abrazo fuerte—. Esto es increíble. No puedo creerlo.

Él sonríe.

—Estás feliz.

—¿Hay alguna duda?

—Llamé al entrenador de UCLA y dije que eran mi opción principal. Supongo que no hará mal hacerles saber que estoy interesada. Algunos jugadores están haciéndose los difíciles con ellos para obtener más. Yo sólo quiero un lugar. —Él se encoje de hombros—. Estoy bastante seguro de que me darán dinero y un lugar.

—¡Increíble!

—Sip. Nuestro futuro, lejos de aquí, está tan cerca.

Niego con la cabeza.

—Ya ni siquiera me importa mudarme. Pero sí. Y Wolf Ridge estará aquí si queremos regresar.

—Sí. Bien. Mi mamá querrá sostener a nuestros cachorros.

Me río. Noto el instinto de rechazar la idea de los cachorros porque lo he estado haciendo desde siempre con mi mamá, pero luego se transforma en otra cosa.

Oh.

Definitivamente quiero cachorros. Quiero ver a Asher como papá. Quiero crear una familia con él. Y sí, puede que quiera mudarme de regreso aquí. Pero después de que hayamos salido a conquistar el mundo.

Juntos.

Siempre juntos.

Con Asher a mi lado, creo que podemos lograr cualquier cosa que queramos.

Epílogo

*A*sher

Bombeo el barril y sirvo otras dos cervezas para Lotta y para mí. Hay una fiesta en la meseta para celebrar nuestra partida. Nuestra diferencia de edad crea una mezcla interesante de gente en la fiesta. La mayoría son mis amigos, otros graduados, pero también algunos amigos de Lotta, como Olive y Brianna.

Lotta y yo nos iremos mañana a Los Ángeles por su residencia artística.

La semana pasada fue la graduación.

No soy el tipo de hombre que se imaginaba caminando por el escenario el día de la graduación con toga y birrete y toda esa mierda.

No es algo a lo que estuviera apuntando. Supongo que es porque no estaba enfocado en el futuro.

Ahora que tengo ese final, ese *final feliz,* con Lotta, se siente importante.

Lotta estaba sobre el escenario hoy cuando recogí mi diploma y le di la mano al director Olsen y al entrenador

Jamison. Mi mamá y la Sra. Angelson están llorando en las gradas.

Los papás de Lotta también están ahí.

Tomó un tiempo, pero me han tomado cariño. Y una vez que lo hicieron, nos apoyaron. Nos invitan a cenar a mi mamá y a mí semana por medio. Creo que la mamá de Lotta esperaba convencernos de quedarnos en Wolf Ridge. Ella quiere cachorros.

Tuvimos un par de semanas en las que se sintió como tiraba mierda a todo el tema de la residencia de artista de Lotta. Le dije que su falta de apoyo hacia la carrera artística de Lotta me decepcionaba, y que esperaba que fuera mejor con sus nietos cuando llegaran.

Eso la conmovió. Empezó a llorar y se disculpó con mi pareja. De hecho, fue bastante hermoso.

Estoy hablando de pavadas con Seb cerca del barril cuando escucho un gran coro de «¡Entrenador!» y volteo sorprendido.

El entrenador nunca festeja con nosotros. Es muy bueno manteniendo claras esas divisiones. No es nuestro amigo o hermano mayor. Es alguien mayor que merece nuestro respeto incondicional. Así que el que aparezca en la fiesta es una sorpresa.

Por supuesto, primero asumo que estoy en problemas.

Un hábito de toda la vida, supongo.

—Entrenador. —Camino hacia adelante para darle la mano; luego le ofrezco una cerveza.

Para mi sorpresa, la estrecha—. Sin ofender, entrenador, ¿pero qué está haciendo aquí?

El entrenador inclina la cabeza hacia Lotta.

—Tu pareja me pidió que viniera y dijera algunas palabras.

Miro a Lotta sin entender. —¿Ah sí?

Lotta viene a mi lado y envuelve mi cintura con sus brazos esbeltos.

—Ven aquí, hermosa. —La traigo a mi lado para poder pasar un brazo a su alrededor—. ¿De qué se trata esto?

—Le pedí al entrenador Jamison que estuviera aquí hoy porque sé lo mucho que significa su acompañamiento para ti. Y vamos a hacer algo.

—¿Hacer algo? —Le pregunto sin entender.

—Sip.

Veo un secreto feliz en la expresión de Lotta, y se siente como si me levantaran con mil globos de helio; mi peso se hace más y más liviano hasta que me sorprende que mis pies sigan tocando la tierra. Verla tan tranquila lo es todo. Tan feliz. Esa apariencia de artista torturada ha sido reemplazada por un espíritu libre.

—Entrenador Jamison, ¿puede llamar la atención de todos?

El entrenador levanta el pulgar y el dedo del medio, los lleva a su boca y silva con la fuerza suficiente para hacer que todos dejen de hablar.

Lotta mueve una mano en el aire.

—Ey, todos, — grita ella. La levanto por la cintura y la llevo a pararse sobre una piedra para darle la altura que le falta—. Gracias a todos por venir a despedirnos esta noche. Quería decirles algunas palabras antes de irnos.

Nuestros amigos sonríen y levantan las copas.

—Irse de Wolf Ridge puede ser difícil. Somos animales de manada. Nuestra supervivencia se genera alrededor de la comunidad. Es probable que sepan que menos del veinte por ciento de los graduados de Wolf Ridge se van y probablemente la mitad de ellos sean humanos. Dejar a mi manada y a mi especie fue difícil para mí. Mis padres no querían que me fuera. Intentaron impedirlo quitándome su apoyo financiero, así que cuando me fui, se sintió más como escapar de prisión que graduarme.

Nuestros amigos se ríen.

—No quería eso para Asher. Pero no espero que sea así. De alguna forma, él ha estado sin una manada, o del lado equivocado de la manada, por la expulsión de su padre.

Me estremezco al escuchar que lo dice en voz alta, de una forma tan pública. Pero también hay algo liberador en eso. La vergüenza que llevé conmigo todos esos años está siendo exhibida debajo de los pinos. Mis mejores amigos, Abe, Markley, J.J., y Seb, todavía serán mis amigos. Siempre lo han sido. Y no me importa mucho el resto.

—Por eso los invité a todos a contribuir con esta despedida. Así se iría con alas en la espalda, y no sintiendo que escapa en medio de la noche, como lo hice yo.

Miro a mi alrededor; todavía no lo entiendo. Pero entonces veo que J.J. camina con una caja de zapatos y la sostiene para que la gente ponga sobres adentro.

—Oh no, —digo, temiendo que sea algún tipo de recaudación de fondos. Mi orgullo se activa—. ¿Qué es esto?

—Son cartas. —El entrenador Jamison saca una pila de cartas de su bolsillo y empieza a pasarlas—. Tengo una del alfa, de tu mamá, del cartero, de tu vecino, de algunos profesores.

—Cartas.

—También hay una mía. Pero puedes guardarla para cuando necesites una charla motivacional o que tu antiguo entrenador te patee el trasero.

J.J. pasa frente al entrenador y él deja la pila de cartas dentro de la caja de cartón.

Mis ojos empiezan a arder. Vuelvo a tomar a Lotta de la piedra porque necesito sostenerla en mis brazos para mantenerme firme. Ella se sube a mi cintura, pasa los brazos alrededor de mi cuello.

—Tu pareja se está asegurando de que sepas que eres importante aquí. Que importas. La manada debería haberte tratado mejor, y Lotta les dio la posibilidad de corregir esa situación. Tienes una caja llena de cartas de gente a la que le importas, jóvenes y adultos.

—Mierda, —balbuceo, caminando hacia atrás.

—Así es, —dice el entrenador; por esta vez no me reta por maldecir. Él toma la caja que sostiene J. J. y me la pasa con una palmada en la espalda—. La próxima vez que empieces a sentir que el mundo está en tu contra, toma una carta y léela. Esta manada te pertenece, y tú a ella. Incluso cuando no estás.

—Lotta me abraza fuerte y me doy cuenta de que está llorando.

La bajo para que se pare y sostengo su hermoso rostro.

—¿Estás bien?

—Sí, —ella deja salir una risa llorosa—. Eso fue fuerte, ¿sabes? Porque eso es lo que no sabía cuando me fui la primera vez. No me di cuenta de que igual pertenecía en algún lugar y que todavía tenía apoyo, incluso si no venía de mis padres, que tenían la cabeza metida en el trasero.

Pestañeo rápido para luchar contra la humedad en mis ojos.

—Sí, puedo verlo. —Le limpio las lágrimas con los pulgares y luego acerco los labios para besarla suavemente —. Gracias, ángel. Lo que hiciste fue increíble. Un regalo que tendré por el resto de mi vida.

—De nada.

—Pero el mejor regalo de todos siempre serás tú.

Lotta pestañea para contener sus propias lágrimas.

—No, tú, —dice ella de forma traviesa—.

—Tú.

Se retuerce en mis brazos y sale corriendo.

—¡Tú! —grita por encima del hombro.

Todos los miembros de la manada saben exactamente qué está incitando. La ropa vuela en todas las direcciones. Hay destellos de pelaje, negro, café, blanco, gris, y de toda mezcla posible de colores mientras todos nos transformamos en lobos, los chicos persiguiendo a las chicas. Chicas persiguiendo chicos.

La luna llena nos reclama a todos con un bautismo plateado de luz.

Persigo los talones de Lotta, siguiéndola, pero sin someterla. Todavía no.

No hasta que encuentre el lugar perfecto para tirarla y hacérselo fuerte.

Y entonces la tendré cerca y me quedaré con ella.

Por siempre, mía.

Fin

Para leer el epílogo extra únete a mi boletín. Obtendrás acceso a todos los materiales adicionales así como libros gratuitos.

https://www.subscribepage.com/reneerose_es

Gracias por leer . Si te ha gustado, agradecería muchísimo tu reseña: marcan una gran diferencia para autores independientes como yo.

¿Quieres más?

Hombres lobo de Wall Street
Un Gran Jefe Malvado: Medianoche (Libro 1)

REGLA #1 DE WALL STREET: NO CAZAR LO QUE NO SE PUEDE COMER.

Soy el rey del mundo de los negocios. El alfa de mi manada. Nadie se atreve a desafiarme. Excepto mi nueva asistente.

Ella me cuestiona mirándome a la cara y me llama Gran Jefe Malvado a mis espaldas. Cuando le doy una orden, me pregunta por qué, con todos mis miles de millones, no puedo comprar unos buenos modales.

Lo peor es que la pequeña humana huele a tentación. Se viste para matar y quiero clavarle los dientes.

Un día perderé el control y un lobo nunca deja de cazar a menos que haya atrapado a su presa.

Medianoche es el libro uno de la trilogía Gran Jefe Malvado. Su protagonista es un multimillonario jefe-diota que se transforma en lobo y su realmente inteligente secretaria en el mundo de Alfas Malos creados por Renee Rose y Lee Savino.

Un Gran Jefe Malvado: Medianoche

Libro Gratis de Renee Rose

Quiere un libro gratis de Renee Rose? Suscríbete a mi newsletter para recibir **_Padre de la mafia_** y otro contenido especialmente bonificado y noticias de nuevos. https://BookHip.com/NCVKLK

Otros Libros de Renee Rose

Secundaria Wolf Ridge

Alfa bravucón

El caballero alfa

Alfa-nastro

Rey alfa

El alfa prohibido

Alfas peligrosos

La tentación del alfa

El peligro del alfa

El premio del alfa

El reto del alfa

La obsesión del alfa

El deseo del alfa

La guerra del alfa

La misión del alfa

El tormento del alfa

El secreto de alfa

La presa del alfa

La sangre del alfa

El sol del alfa

La luna del alfa

El juramento del alfa

Conoce a la autora

RENÉE ROSE, LA AUTORA BESTSELLER EN USA TODAY, ama los héroes dominantes, ¡los machos alfa que saben hablar sucio! Ha vendido más de un millón de copias de tórridas novelas románticas con diferentes niveles de sexo no convencional. Sus libros han sido presentados en el Happily Ever After de USA Today y en Popsugar. Nombrada en el Eroticon de los Estados Unidos como la Próxima Autora Erótica Top en 2013, ha ganado también como Autora Preferida en Ciencia Ficción y Antología Valiente y Atrevida y con la mejor novela romántica histórica en The Romance Reviews. Figuró catorce veces en la lista de USA Today con su serie Rancho Wolf y varias antologías.

**Suscríbete a mi newsletter para recibir contenido especialmente bonificado y noticias de nuevos lanzamientos en Español.

https://www.subscribepage.com/reneerose_es

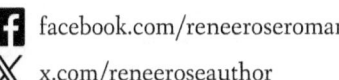

facebook.com/reneeroseromance

x.com/reneeroseauthor

instagram.com/reneeroseromance